我叫他，他聽到了。

他停止了叫嚷，慢慢地轉過頭來，表情恐懼萬分，

口中兀自不停地喃喃道：「天啊，天啊……」

他們安靜得怕人，連呼吸聲也沒聽見。
我很好奇，但又不敢望向他們，我怕當我望向他們時，發現他們全部都在看著我……

她自殺了，留下一封遺書說：
「我會回來找你。」
而她真的回來了！
她那張模糊的臉，
眼睛就像兩團霉塊，
嘴巴是洞開似的一團黑渣，
發出風聲般的吱啾聲……

很怕

張草極短篇

張草——著

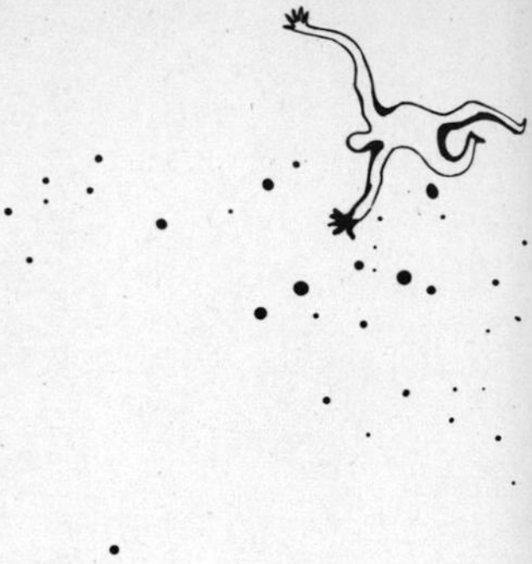

【前言】

一語成讖

在上一本極短篇，我寫說：由於極短篇太短，下一次要再集一本，搞不好要再一個十年。

這就是所謂「一語成讖」。

我在二〇〇四和二〇〇五年一連出版了《很餓》、《很痛》兩本極短篇，收集了自一九九五年以來，在臺灣報章和《皇冠》雜誌上發表的極短篇小說，亦即將十年的耕耘編成兩本書。

接下來的十年，生活越來越忙，主要在忙學校合唱團的事，每天都在想如何令合唱團進步，所以要找歌、消化曲目、選曲、指導、設計節目、設計海報、舉辦演唱會、舉辦校內比賽、國內比賽、出國比賽、出國交流等等，打從回鄉工作的十四年來，生活的重心幾乎都放在合唱團。

如此，我是蠟燭四頭燒：診所、小說、合唱、家庭。

生活環境的改變，加上其間專注於長篇「庖人三部曲」的創作，創作極短篇的刺激逐漸減少，其間許多開了端卻未續完的作品，躺在硬碟中等待復蘇之日。

直到兩年前，受到了極大的多重刺激，身心受創，忽然寫不下長篇作品，雖努力掙扎，一年之中開啟了三部小說，卻都在第二章之後失去了動力。

山不轉路轉，路不轉人轉，這就是為何我會轉變念頭去書寫當牙醫師的經驗，因為寫個人經驗並不像小說那般需要複雜的布局（其實還是有啦），遂寫出《啊～請張嘴：張草看牙記》。

與此同時，我以極短篇的創作，重新找回寫小說的感覺。

二〇一五年，我一篇極短篇也沒刊出。

二〇一六年，強迫自己每個月一定要寫下一、兩篇極短篇，令每月連載不中斷，同時從那三部沒寫完的小說中萃取精華，將這兩年來的領悟寫成一部新的小說，目前已臻完成階段。

於是，在二〇〇五年《很痛：張草極短篇2》中的一語成讖後，今年終於收集足夠，第三本極短篇集可以問世了。

感謝讀者們的支持，謝謝你們愛我寫的小小故事。

目錄

電梯

我好像有幽閉恐懼症。

我們百貨公司大概最近不景氣，客人很少，電梯裡面常常是空的，空得令我十分寂寞，那種被封在箱子裡的空虛感讓我全身毛毛的。

我忽然有點懷念電梯門一打開，乘客一擁而入的日子，我會請他們讓老人小孩先進，請外面排隊的人稍候，為乘客一一按下想去的樓層，然後舉起我自豪的白手套：「電梯往上，電梯門關閉。」

不知為什麼，打從不知哪一天開始，電梯裡幾乎是空的，只是不斷地上上下下，電梯門外也不見排隊的客人。

我百無聊賴，愣愣地站在電梯門邊，等候沒出現的客人，我不能坐下休息，也不能拿本書來看看，否則要是被經理看到就糟了。

電梯又一次抵達底層，啊，門外有人，乘客們徐徐進入電梯，不慌不忙，行動有些凝滯，我習慣性地不看他們的臉，只問大家：「請問上幾樓？」大家異口同聲要上頂樓，嗯，頂樓有展銷會嗎？我想了片刻，腦袋沒來由的像早晨剛起床一般迷糊，想不起來。

電梯冉冉上升中，我覺得有點發冷，背脊爬過一股涼涼的感覺，這些乘客好安靜呀，怎麼不像平日那般嘰嘰喳喳的呢？他們安靜得怕人，整部電梯只有引擎的低吟聲，連呼吸也沒聽見。

我很好奇，但不敢望向他們，我怕當我望他們時，發現他們全都正在望向我。

一到頂樓，他們慢慢的離開電梯，同樣的波瀾不驚，待他們全出去，沒人進來，電梯門合上了，我才鬆一口氣。剛才是怎麼回事呀？那些人好恐怖哦。

我保持背部筆挺，維持端莊的體態，盯住電梯門，等待電梯緩緩下降。門一開，我就職業性的喊道：「歡迎光臨！」

客人們腳步靜悄悄的步入，慢慢塞滿電梯的空間，他們不發一言，我已經十分毛骨悚然，抖著聲音問：「請……請問要上幾樓？」

「頂樓……」客人們冷冷地應道。

電梯一邊上升，我的小腿一邊發軟發抖，我忍不住偷瞄他們一眼，他們全都拉著一張臉，雙目迷茫，下巴半開，像有話要說卻又說不出口的表情。

送了他們出頂樓，我止不住全身發抖，淚水已經溢出眼眶，今天好可怕！好可怕哦！我想唸個咒，阿嬤教的大悲咒、六字大明咒什麼的，卻一個字也想不起來，阿……阿什麼去了……我怎麼忘了？我似乎忘了許多事情……

電梯下降過程中，沒人在其他樓層按停，我心裡暗暗決定，等電梯一到底層，我就要衝出去，跟經理請假。我擦拭淚水，想起電梯後壁上有面鏡子，平時因規定要向前望，我都沒去照過，我回身去，照看眼妝有沒有掉了。

一看見鏡子，我嚇得退後幾步，鏡中照出的電梯內部一片焦黑，壁紙焦爛，電梯門光滑的表面也抹了一層烏黑，「叮！」電梯到底層了，門吃力地拉開，安靜的客人們陰沉沉地踏入，將驚惶的我推到鏡子前方。

鏡子裡照不見半個乘客，也照不見我，只反映出電梯門外燒得焦黑的百貨公司地板、柱子，還有地面上一具具用布蓋上的人體，門外還有消防人員在走動。

我叫喊不出聲音，擁擠的乘客已將我推到貼住鏡子，我想離開，但我掙脫不出去。

「頂樓！」他們異口同聲說。

電梯門再度關上，將我們帶上頂樓。

窗外

我還記得幼稚園的時候，爸媽忽然給我一個驚喜。

那時正在上唱遊課，我跟同學正大聲學鴨子叫時，有位小朋友大大的「咦」了一聲：「誰在窗外看我們？」

大家紛紛轉頭去瞧，我則興奮得紅了臉：「是我爸爸媽媽！」

爸媽到外地去談生意，把我寄放在外婆家，他們提早回來，於是到幼稚園接我回家。

那一天，他們突然在窗口惡作劇似地出現，我好高興。

小學五年級時，媽媽沒來接我下課，老師幫我打遍了每一通爸媽留下的聯絡電話，都沒他們的消息，公司員工還說他們一早就沒進公司。

老師陪我等到天黑，還買便當給我吃，當爸媽兩人終於在教職員室朝走廊的窗外露臉時，我的眼淚馬上就迸出來了，我跑過去抱著媽媽，他們看起來非常憔悴，什麼也沒解釋，只是不斷跟老師道謝。

好久以後，我才從爸媽公司的老員工口中得知，那一天公司差一點倒閉，因為好幾張支票都跳票了，他們應該是到處去籌錢拯救公司。

不過，我永遠忘不了當我發現他們站在窗外的那一刻，緊繃的心情忽然釋開的感覺。

國中三年級時，日以繼夜的上課和補習，交織成日復一日的可怕生活，我對每分每秒存在的壓力已然麻木，每天像機械般過活，完全沒注意到爸媽有什麼變化。

直到那一天，他們兩人站在補習班的窗外望著我，各種平日的跡象才在我腦中鮮活了起來。

我在補習老師催眠般的聲音中打了個呵欠，才猛然看見身旁的玻璃窗外映照出爸媽的影像，黑夜的窗外飄著陰雨，他倆一臉疲憊，無神地望著我，一如平日夜歸的面容。我當下一陣哆嗦，因為補習班在五樓，窗外是空的，沒有站人的地方。

爸媽偶爾告訴我公司岌岌可危，但要我放心，只管專心唸書，因為他們已經為我有所準備。

他們站在窗外，全身濕淋淋的，我想推開窗，卻發現玻璃窗把手被封死了。

我越來越猛烈的推窗聲驚動了老師：「那位同學你想幹嘛？」我不知該如何告訴她，因為每個人都轉頭望過來了，卻沒人告訴我窗外有人。

我終於第一次注意到，我從來不知道爸媽去了哪裡？為何夜歸？公司出了什麼事？我從來沒空去理會。

好不容易熬到下課，窗外的爸媽一直沒離開過。我從補習班的樓下朝上望，果然五樓窗外站不了人，也沒人，但當我上捷運時，爸媽又在捷運的窗外現身了，窗外隧道的牆壁飛快越過，爸媽卻文風不動，哀傷地望著我。

我抱著一線希望打開家門，果然，家裡沒人，燈沒開，一整天沒開過窗的空氣悶得緊，我還沒開燈，就看見爸媽站在窗外。

我全身發抖朝窗口哭喊：「你們這樣子我很害怕知不知道？」恐懼籠罩著我的每一寸肌膚，因為我不知道究竟發生了什麼事？

窗外，爸媽伸手指向屋內，我轉頭望去他們指的方向，是飯廳，我忙走去開燈，看見飯桌上放了一個大信封，是保險公司的信封，裡頭裝了好幾份保單，後來我才知道，這裡面包括了壽險、意外險，還有我的教育保險。

我已經完全明白他倆的計畫，我抱著信封，朝窗外的爸媽哽咽痛哭，他們則淡淡地微笑，在窗外一直陪著我，直到警察打電話過來，要我去為車禍的死者認屍為止。

本能

不知道為什麼，我忽然間對吃很有興趣。

與其說是興趣，不如說是強烈的慾望，想要把眼前任何能吃的都吞下去。

令我訝異的是，我對我自己的慾望竟一點也不在乎，因為不過個把月前，我還在熱中於各種瘦身良方，從藥粧店到書本ＤＩＹ的方法我都試過，目的只在下了個決心，要在暑假結束前讓隔壁班那個男生注意到我。

可是一進入暑假，我竟毫無罪惡感地大吃大喝，將那男生扔到九霄雲外。

吃喝的舉動完全無法控制，我尤其愛挑高熱量的食物，只不過一個星期，我已經沒有一件穿得下的牛仔褲。

媽也注意到我的失常，她猜大概是我平日課業壓力過重，暑假忽來的精神放鬆彷彿強烈的回彈，所以要填補空虛的精神狀態。我不置可否，只顧吃，待爸爸也發現我的異狀時，他們開始考慮該不該帶我去看醫生，因為阿姨提供意見，說可能是內分泌失調。

小玲打電話約我去逛街，比我更狂熱瘦身的她竟約我去吃炸雞！待我見到她時，才知道她也胖了不少。

我們倆邊啃炸雞邊聊近況，我問小玲：「你不是想弄個魔鬼身材來放電嗎？你不愛小班長了嗎？」

「愛呀，」小玲將雞皮下的脂肪全部吃完，「比以前更愛，我還有強烈的慾望想找他做愛。」

「少來，」我心中一驚，因為我隱然也有這種念頭，「你還是處女吧？」

小玲嚴肅地點點頭，繼續埋頭大吃。

就這樣，暑假才過了一半，我已經完全塞不進自己的衣服，臃腫的小腿，連走路都有些吃力。

但在某個晚餐時間，我忽然又不想吃了。

什麼都不想吃。

我只想睡，什麼事也不想理，我好睏，頭腦昏沉，四肢軟弱，整個人像要散掉一樣。

「早點兒睡，」媽說，「明早非帶你去看醫生不可了。」

我作了個很詭異的夢，我夢見口中吐出絲來，細絲圍繞我的身體，將我層層包裹起來，我沒害怕也沒慌亂，相反的，我感到很安心。層層細絲溫暖得很，好久沒那麼安心的感覺了，上一次有這種感覺，應該是年幼的我躺在媽媽懷中時吧。

這是個好夢。

醒來時，我精神飽滿，覺得身體蘊藏了無限活力，我推開被單，熾熱的陽光照在我臉上，待我好不容易習慣了強光之後，才看清楚我推開的不是被單，而是由細絲疊成的厚殼。

厚殼很輕很軟，我撥開外殼，在烈日中緩緩立起，發現我的四周全是廢墟，房間不見了，睡床化成木材了，熟悉的街景不見了，整個城市不見了，放眼望去，沒有任何阻礙物的視野顯得很廣闊。

我望見不遠的周圍四散著一個個巨大的繭，有的巨繭破開了，年輕的男女自繭中爬起，困惑地互相張望。

我不知道這個城市為何而毀，但此刻我明白是巨繭保護了我，我們是少數的倖存者，眼前一個成人也沒有，只剩年輕人和廢墟，即將在這個嚴酷的未來求生、繁殖、重建。

我感到身體內囤積的營養開始燃燒，我感到全身充滿了能量，我甚至感到輸卵管正在體內蠕動。

我忽然瞭解，我們的猿人祖先們經歷冰河時代，他們如何在人數極少的情況下存活，並繁衍至全世界。

我瞭解，我們的本能復甦了。

搬家

他將車子開到別墅門前，催促三個孩子和妻子下車。

「哇，好大好漂亮的房子哦！」小女兒驚嘆道，「爸爸，這是誰的家呀？」

「這是爸爸蓋的房子哦。」他的語氣不帶一絲興奮，反而像在述說一件悲痛的事。

孩子們都還小，完全不會明白他這幾個月來的煎熬。

「我們幹嘛來這兒？」大兒子稍懂人事，困惑的問道。

「我們今天要搬進來住呀。」

孩子們一陣驚呼，不敢置信的問他：「真的嗎？那我們原來的房子怎麼辦？」

「我們不回去了。」

「可是，」小女兒像要哭出來似地說，「我的洋娃娃和熊寶寶還沒拿過來呢。」

「別擔心，」妻子終於為他打圓場了，「以後再買新的就好了。」

「真的嗎？可是我喜歡舊的……」他沒再聽小女兒在說什麼，從褲袋裡取出錢包，再從錢包取出信用卡，然後將信用卡插入門縫，動了幾下，門把應聲開了。

雖然信用卡已經在上個月被停卡了，他依然將扭曲的信用卡收回褲袋。

其實他們已經回不去舊家了，今天下午房子已經被查封了，他什麼也沒帶出來，包括早已被提領一空的存款簿。他一大早帶孩子開車出門，四處繞行，不讓法院的人找到他，至少他暫時還需要這輛車。

一直到午夜，他才帶著疲憊不堪的孩子來到這所別墅。

孩子們走進客廳，雖然累了，依然興奮地驚嘆連連：「哇！好大的電視哦！像牆壁那麼大耶！」「好舒服的沙發哦！」「爸爸！我的房間是不是在樓上？」

「來來來，大家先坐下來，」他走去準備放映機，「看個卡通，喝個冷飲。」他拉開巨型電視下方的抽屜，挑了一片高畫質藍光光碟。

「不用先洗澡嗎？」小女兒憂心地看看掛鐘，又看看媽媽。

「不用。」媽媽慈愛地撫撫她的頭。

孩子們被電視上的畫面吸引住時，他走去廚房，打開冰箱，取出冰塊。

他圍顧著廚房中昂貴的巨型冰箱、烤箱、洗碗機、餐具等等，嚴格來說，這一切都是他的！

這些日子以來，他終於明白富者為何而富，也明白了富爸爸的不傳之秘——那位叫他建這棟房子的人明明那麼有錢，卻從來沒付過他工錢！

每當工程進行到某個階段，他要向那人收錢時，那人總有辦法令他相信下次一定收得到錢，他也總是相信這樣一位巨富理所當然會還清所有費用。為了不讓自己失去這個工程，他抵押房子和車子，甚至不惜向地下錢莊借錢週轉。

沒想到，上個月那位巨富的律師告訴他：「你工程違約延期，依合約必須賠款。」

他整個人彷如被雷打到一般。

這是什麼道理？幫他蓋了別墅沒錢收還要賠錢？什麼違約？還不是因為他臨時要求改這個改那個才拖慢的嗎？本來說要改合約又不了了之，原來，原來他一早就打算坑他了！他甚至孬種到只派一個洋洋得意的走狗律師來打發他！

他囊空如洗，唯一的希望也落空了，對方是黑白兩道、商政法三方通吃的「大人物」，他根本無力對抗！

不過他也知道，那人相當迷信擇日看風水，明天就是那人挑定的好日子，在明天中午以前，是沒人會踏進來這間豪宅的。

他在每個杯子倒入飲料，放進兩粒冰塊，最後再將事先溶解的安眠藥放進去，再讓自己堆起笑臉，端飲料去客廳。

不久，他看著孩子們沉沉睡去，才跟妻子取出剛才在便利商店買的木炭，放在從廚房拿來的英國進口高級限量彩繪瓷碗公中。

妻子濕著眼眶幫他點燃木炭的那一刻，他小聲說了句：「對不起……」腦中浮現明日中午的畫面，當巨富開門時，會看見他們一家人全部坐在客廳裡迎接，他還打算坐在面對正門的沙發上。

「這是我們的房子，」他告訴沉睡中的孩子，「我們要永遠永遠住在這裡！」

「那不是阿雅嗎？」

我轉身去看：「桐伯您好。」

「哇，好久不見，長得這麼漂亮啦？」

老人家總是這樣說話，都不知該怎麼回答才好。難道要我回答「是」嗎？

「我剛才看見你媽，她還很硬朗呢。」

我微笑道：「是嗎？哪裡？」

「在菜市場呀。」桐伯忽然關心地盯著我看：「怎麼了？臉色不太好。」

「沒……沒事，」我趕忙轉開話題：「我正在找媽，你看見她在哪呢？」

「她呀……」桐伯著實想了一下，「我記起來了，她在賣豬肉的攤子裡邊，我還以為她在幫忙賣呢。」

「謝謝。」我趕緊走開。

我回家找到我養的小狗，將牠抱在懷中：「乖乖別動。」然後小心翼翼地在牠的眼角挑起一小塊眼屎，置入小塑膠袋中。

我又趕去菜市場，找到賣豬肉的攤子，才剛早上八點，攤子上的豬肉還多得是，於是，我取出狗眼屎，將它置入我的眼角。

據說，狗的眼屎可以使我暫時變成陰陽眼。

……真的，媽媽在那邊。

她看起來憂心忡忡的，一臉愁苦，疲憊地望著那一攤子的豬肉。

有位婦人正在買肉，問道：「老闆，有沒有豬手？」

「有，要幾隻？」老闆將攤位上的豬身反轉過來，刀刃抵在豬前腿上，「兩隻。」女人一說，卡卡兩聲，斬下了一對豬前腿，接著我看見媽媽的兩隻手臂消失了。

媽媽痛苦地咧開口，卻叫不出聲音，她痛苦的緊閉著眼，卻擠不出一點眼淚。

我忍不住了，走上前去：「老闆，你全部的豬肉多少錢？」

老闆揚起眉梢，以為我是來搗蛋的。

媽媽也在一旁發現了我，惶恐地朝我不斷搖頭。

我明白，只是我實在是忍不住了。

媽在久病行動不良時，都是我在為她抹身的，我驚奇地發現她背後長了一大片剛硬的黑毛，彌留之前，她才告訴我一段故事。

她記得自己前世是一隻黑豬，由於好幾世投胎成豬，被人宰殺、剁爛了很多次，痛苦不已，前一世那趟她終於受不了，在被賣剩一塊豬背肉時，她跑了，一跑就鑽進了一位孕婦肚裡，所以生下來還留有那塊皮。

「我知道我還得再做幾世豬，」她躺在病床上，撫著我的手，「這次我會忍下去，到還完債為止。」

我哭著說：「這些都是前世的事，你又不曉得，這樣對你太不公平了。」

「沒什麼不公平的，自作自受，畢竟自己做過的，就算不記得了，也是要承受的呀。」

我淚眼望著豬肉攤旁的媽媽，面對著老闆的質疑，我已經從口袋掏出錢包，而媽媽卻激烈地搖頭，猛向我不停鞠躬，哀求我不要做。

豬肉攤老闆一臉不爽地問我：「你來尋開心的是不是？」

我內心掙扎著，不知道該怎麼辦才算是孝順。

「不是，」我痛苦地下了決定，將錢包塞回褲袋，「不過我改變主意了。」在老闆的碎碎唸聲中，我離開了。

我躲到菜市場一角，看豬肉攤老闆將豬肉一塊塊賣掉，而一旁的媽媽則一點接一點消失，直到剩下一顆頭為止。

然後，一個男人將豬頭買走，媽媽就消失得無影無蹤了。

我知道，那男人賣的麵，湯頭很有名。

我在沮喪地走回家時，遠遠望見桐伯，他背上趴著一團披著長髮的黑影，壓得他的背直不起來。

怪不得他能看見我媽。

我擦拭淚水，順便將眼角的狗眼屎挑掉。

失蹤

我推開家門，看見一臉驚慌的妻子，正焦慮地望著我。

我不知該如何啟齒。

「我去過學校了，」我決定如實招認，「小如不在！我等了一個小時，小朋友都走光了，我還是沒見到小如！」

我上班時間晚，通常中午才起床，正好去學校等女兒下課，陪她到才藝班去，才到酒吧去上班。

可是，今天我睡遲了一些些，去到學校時，學生們已經在魚貫離開校門了，我如常站在圍牆外等待，卻一直沒等到應該出現的小如！

說不定小如不乖所以被老師留了下來；說不定小如有社團活動忘了

告訴我；說不定……其實最可能是因為我睡遲了！小如一定是出來沒見到我，不知跑哪去了！萬一她被壞人拐走了怎麼辦？

我懊悔不已，心急如焚，跑進學校去，跑到小如的教室去，跑到辦公室去，跑到操場去，果然都不見小如的蹤影！正當我不知所措時，一位校警叫住了我：「喂！不能擅闖校園！」

我告訴他我的處境，問他有沒有見到我女兒。

妻子一面聽我敘述，一面掉淚，她雙手掩住嘴，睜大眼，哀傷地望著我。剎那間，我發覺她似乎老了許多。

「是我的錯！」我說，「我們要不要報警？」

「阿傑……」妻子哽咽著，朝我伸出手，「你要冷靜，你聽我說……」

我的腦袋瞬間一片冰冷，她是什麼意思？通常這種語氣都表示有重大的惡訊，難道……莫非妻子知道女兒發生了什麼事？

我退縮了一步，下意識不想讓妻子碰到我：「你知道什麼？直接告訴我。」我心中十分懼怕，我擔心會接受不了。

「小如她……」

一陣鑰匙開門聲，家門忽然打開，傳入一把聲音：「媽！他們還沒找到……」聲音嘎然而止，進門的女子整個愣住，驚訝地望著我。

妻子走上前去擁著那女子：「小如，你爸他沒失蹤，他是自個兒回來啦！」

小如？她是小如？她怎麼會是小如？我的小如是個小女生呀。眼前的女子剪了秀氣的短髮，下巴尖尖，可我的小如是綁兩條辮子、臉龐圓圓的小學生呀！

那女子撲向我，緊摟著我，哭著說：「爸你回來了！幸好你還認得路！」

妻子抹去淚水，說：「今早醫院通知我們，說你失蹤了，不在病床上，我們擔心得要命。」

「醫院？」我一頭霧水，「什麼醫院？」

「十八年前，你去接小如放學時，被車子撞了，一直沒醒來……」

我的淚水奔流而出。

「謝謝你爸爸，」小如說，「這是我最好的結婚禮物。」

再見

他如願考上了醫學系。

大四那年，他穿上實驗袍，前往清冷的大體解剖實驗室，準備接受醫學系面對死亡的洗禮。

同學們分成幾組，每組解剖一具屍體，這具屍體被稱為「大體老師」，它將教導他們一個學期的人體奧秘，每星期解剖一部分，直到屍體被分解得不成人形，再拼湊好送去火化。

屍體全都經過數年的福馬林處理，被抽乾血液，再在血管中灌注福馬林，接著泡進盛滿福馬林的水槽中，待它終於派上用途時，已經乾皺得像豆乾一樣，不再擁有活人的姿彩。

但是，他仍然一眼就認出，躺在不鏽鋼解剖檯上的，正是他的祖父！

他當場愣住，有些心虛地望了望身邊的同學。

然後，他端詳死者的面容，再次確認是他祖父沒錯。

他記得，最後一次見到祖父是在國二那年。

然後，他開始忙著考不完的考試，一場又一場的疲勞轟炸，也是從那時候起，他不再跟父母週末一起去逛購物中心，或一同回鄉下探望祖父，因為即使是週休二日或寒暑假，他要不是去補習班就是在家啃書，為的是考上更好的高中、更好的大學、更好的科系。

高一那年，祖父過世了，他正好考試考得焦頭爛額，連媽媽都阻止他參加葬禮，還說：「人都走了，還沒考的試更重要。」

他從來不曾遺憾沒送祖父最後一程，住在鄉下的祖父對他而言像是另一個世界的人類，一個會抱他坐在膝上，喜歡撫摸他的頭髮，然後偷偷塞給他一大把糖果的老人，那些他不記得父母會對他做的疼愛舉動。

祖父的臉龐本來就不多肉，常年務農的他又黑又瘦，所以經過福馬林浸泡，也沒改變多少。

第一堂課，他被分配到頭頸部的解剖實習，而他小時候坐過的祖父的大腿，被分配給了另一組同學。

依照老師的指示，解剖刀應該如何握、應該用什麼角度、切在什麼位置……老師用墨筆輕輕在皮膚上畫出線條：「照著這條線切，這泡過福馬林的皮很硬，你的刀要一刀一刀這樣……」

老師示範著，但在他眼中，只有祖父半合的眼瞼下萎縮的眼球，那對曾經慈愛地凝視他的眼神。

輪到他了，他將解剖刀抵在祖父的頸部，口中喃喃說：「好久不見了，爺爺。」

他試著讓自己不帶感情，祖父已經走了，留在這個解剖檯上的只是他蛻下的外殼，再怎麼切怎麼剖，這個老早就不是祖父了。

但是，隨著每週兩次的課程一次次過去，他不禁懷疑，祖父是否故意兜了個大圈子當個大體老師，目的就是來與他會面？有生以來，他從來不曾跟祖父相處過那麼長的時間：整整一個學期，每星期見面兩次。

他曾經故意問爸爸：「爺爺是怎麼死的？」爸爸只是不專心地回答：「不知道耶，因為老了吧？人老了都會死的。」但是他知道！他比爸爸還知道爸爸的爸爸是怎麼死的！

從解剖中，他漸漸知悉祖父的秘密。

打開腹腔時，他看到一個充滿皺摺的肝臟，起初他不明白是什麼意思，直到助教說明，他才瞭解祖父的肝臟早在他生前許多年已不堪使用。

「這位大體的肝臟曾經腫大又消退，可能曾經有過肝炎，摸起來硬邦邦的，」當大家輪流去摸摸看時，他忽然有一種隱私被侵犯的感覺，「如果切開來，看見復原過的病灶，或者有潰爛的地方，就能確認他生前的問題了。」

身為孫子，他知道甚至連祖父最親密的家人都不知道的器官病變，而且是從身體裡面最直接的知道。

祖父一定很痛，而且每天都在痛！

他一定是為了省錢，不願意把錢花在自己的病痛上，要把錢留下給家人，才刻意默默的忍受著疼痛吧？

學期結束時，祖父已經被分解得七零八落，大家合力把他的身體組合回去，準備送去火化。

臨別之時，他從白袍的大口袋中掏出一顆糖果，放到祖父的手掌心中，藏在被翻起來的皮膚底下，掌相學中被稱為金星丘和月丘之間的肌肉凹構。

因為他想到，他小時候從來沒謝謝過祖父給他的糖果，其實他心中很高興而且很感激的。

最後一次離開解剖室時，他在祖父耳邊輕聲說：「謝謝你教我這麼多，爺爺，再見了。」

冰箱

門鈴不停地響，我只好去開門。

隔著防盜鐵柵門看，門外是三名警察，根據我的經驗，槍還上了膛。

「請開門。」我順從的開了門。

「有民眾投訴你家冰箱有屍體。」

我舔了舔乾燥的嘴唇，回道：「我家冰箱沒有屍體。」

「可以看一看嗎？」話未說完，三名警察已經把我擠去一旁，兩人守住我，一人直接走去廚房。

不久，那人臉色紙白的回來了，臉上泛了層冷汗的光澤，看他喉頭緊繃，正極力控制自己的聲音：「冰箱裡的屍體是什麼人？」

「那不是屍體。」兩旁的警察即刻捉住我的手臂，提防我有什麼反抗動作。

「那不是屍體是什麼？」

「是我媽。」

他們聽了，登時義憤填膺，紛紛激昂的咬牙切齒。

「事實上，」我自己招了，「如果那是屍體的話，睡房裡還有兩位。」我的手臂無法舉起，只好朝睡房的方向揚揚下巴。「我帶你們去吧？」

為首的警察不齒地瞟我一眼，對部下甩甩頭，表示讓我帶路。

睡房的地面空蕩蕩的，只有靠牆擺了三部冰箱，冰箱後面冒出的熱氣，令房間悶熱得很。

為首的打開第一個冰箱，是空的，所有擺物架已被移開，正好放得下一個人。

他打開第二個冰箱，斜站著個削瘦的中年男人。

第三個冰箱，是個妙齡少女。

「你該不會說……」為首的道，「這位是你父親和你的……」

「我妹妹。」

三人驚愕地倒抽一口寒氣，為首的取出手銬，喃喃道：「現在我要宣布……」

「等等，」我說，「打個招呼吧？」

我爸和妹妹忽然睜開眼，猛地朝他們撲過去。

為首的來不及叫嚷，脖子已經被我爸咬開了一個大洞。

另一個被我妹逮住，一口咬穿天靈蓋，那是她最喜愛的位置。

剩下的一位慘叫著跑出去，正好碰上我媽。

「留一點給我！」我不得不提醒他們，他們常常不等我。

不久，我爸滿足地咯出一口氣，抬頭道：「不知他們在樓下還有沒有人？」

「你現在才想到啊？」我不禁埋怨。

乖寶寶

我知道這麼做很對不起他母親，但我仍然應該這麼做，這樣對大家都比較好。

我搬了家，搬離了他母親住的家。

當然，也是他自小住了二十多年的家。

在聽我詳述來龍去脈之前，請別說我是壞媳婦，事實上打從新婚第一天起，我就想搬出去了。說明白一點，是想逃出去。

新婚那天，經過疲累的婚宴後，我們回到裝飾了大紅寢具和窗簾的新房，雖然累，兩人卻忍不住喜悅，想在新房好好溫存一番。

我們正在興頭上，脫剩一件衣物時，寢室房門傳來響亮的拍門聲，門把被人用力扭動，整扇門像要被撞破一般，我嚇得興致全失，腦子一團亂，不知是強盜來了還是什麼。

老公拉起脫了一半的內褲，口中嘟囔著去應門：「好啦好啦，我不小心鎖了。」我還正疑心發生什麼事，他已打開門，他母親馬上衝進來，摸摸他的臉：「你沒事吧？為什麼鎖門？嚇死媽媽了，我看不到你怎麼辦？」

我目瞪口呆，一時弄不懂我看到的場面。

後來老公才告訴我，自小他母親就不讓他鎖門睡覺，因為她晚上要進來探視他睡得安不安穩、被子有沒有踢開之類的。

他說他母親對他照顧得無微不至，我很快就明白他的意思了。他口渴了不會自己倒水，只要嚷一聲，他母親便趕忙遞上，然後喝了水將杯子在窗邊、茶几甚或廁所隨處亂擺，等人收拾，更別說幫忙做家事了。

有一次我只不過洗碗後叫他幫忙抹乾，就被他母親臭罵了一頓：「你存心害我兒子是不是？你家裡是這麼教你的嗎？男人是做這種事的嗎？」然後在一旁哭泣：「夭壽囉，我寶貝兒子怎麼落到這種田地？」

時而我半夜驚醒，發現他母親正在床邊，彎腰端詳她的兒子，一臉心滿意足，有時還會撫撫他頭髮，或親親他額頭，甚至哼起搖籃曲。

我不禁問他：「你不覺得你已經長得這麼大了，這樣不會不太好嗎？」

「不會呀，」他說，「我媽關心我，我覺得很好。」

「那你當兵那兩年怎麼辦？」

「我脊椎側彎，沒當兵。」

不久，我已經精神緊張，每天下班回家，越近家門我就越是焦慮，晚上更是輾轉難眠，絲毫不想跟他做愛，他說我性冷感，我告訴他：「萬一我們做到一半，你媽開門進來怎麼辦？」「那有什麼關係？她反正想抱孫子，高興還來不及呢！」

夠了，這樣下去我會瘋掉的。

我告訴他，他必須在我們兩個女人之間選擇一位，不然我很樂意離婚。

經過多次爭執後，當我終於拿出離婚申請書時，他崩潰了。

我們搬家那天，他母親呼天搶地，敲鄰居的門訴苦，什麼我聽過或沒聽過的罵人的話全迸出來了，我狠下心不理她，默默搬家，交給他去處理歇斯底里的母親。

不知是不是憂鬱過度，半年後他母親過世了，聽說去世前體重只剩一半。

我不能說我沒感到抱歉，但我的抱歉很快就被焦慮取代了。

每天晚上，她開始在我們的新家出現。

時而我半夜驚醒，發現她正在床邊，一臉滿足的彎腰端詳她兒子，有時還撫撫他頭髮，或親親他額頭，甚至哼起搖籃曲。跟以往不同的是，這次門是上鎖的，而她是如煙霧般朦朧不清的。

我不敢出聲，只能假裝不知，蒙頭大睡。

我甚至開始懷疑，她的死是預謀的，目的是能夠通行無阻的看望兒子。

手指的顏色

我很愛護我的身體。

嚴格來說，是我的外貌。

我每個月花在護膚、護髮、修甲、SPA、塑身等等外加半年一次漂白牙齒等等又加偶爾的特別課程、抗老配方、活力套餐等等，要不是我有兩三位固定的凱子的話，肯定每天要以科學麵度日。

不要怪我，因為我是女演員。

美貌是我生存的工具，雖然它至今未帶給我大紅大紫名垂影史，報章娛樂版的見報率也大約半年才一次，但若失去了美貌，我大概連活下去的希望也沒有。

是的，我曾經決定，一旦失去美貌，我寧可在一切悲劇無情地打擊我之前，先自我了絕。為什麼？很簡單，如此報章才不會寫得太難看，人們才會對我尋死的理由議論紛紛。

你可能說我沒勇氣活下去，卻有勇氣去死，很愚蠢。如果你這麼說，只說對了一半，我不蠢，我只是有自我主張，我毫無選擇的來到這個世界，至少能自我選擇如何離開這個世界。

所以，現在我要跳了。

我不想等死了好幾天發臭了才被人發現，而且跳樓比較震撼，至少我希望一生上一次娛樂版頭條，但我要小心不能頭朝下跳，那樣會整張臉砸扁很難看。

別了，這個玩弄我的世界，那十多位玩弄我身體多年的歷任凱子，還有在我進了娛樂圈後就對我不聞不問的父母，當我發現我歷時半年一個凱子也不剩的時候，我知道時候到了。

我用光所有僅餘儲蓄去買新衣、護髮修甲，打扮得漂漂亮亮像要赴宴一般，然後我跳下去。

別以為我不緊張，我選擇跳，因為這種死法絕對沒有回頭的機會，就像一生唯一的一場演出，沒有彩排，沒有安可，我選擇背著跳，這樣子下降時就會面朝建築物，因為面向高空太可怕了。我深呼吸一口，腳下往後一彈，心裡緊繃得像要爆炸一樣。

不行，不行，還是太刺激了，太可怕了！遊樂場的那些跳樓機玩意兒根本不能比！那些是安全的，那些是預先知道會沒事的，我感到整個胸口要脫出！媽媽！我不要！我現在不想死了！

一扇一扇窗戶在我面前飛快上升，我兩臂亂揮，企圖抓住什麼，電影裡總是可以的，抓到什麼然後就沒事了！我抓到一把電線，但我太快了停不下來，電線在我手中摩擦，掌心的一大片肉飛脫，好痛！好痛！我痛哭出聲，鬆開了手。

不行我不能放手！我要活下去！當什麼也好！我要活！

我兩手拚命抓向牆壁，但阻止不了我向下墜落，我的指甲指甲指甲五千元配套的指甲甲甲在牆壁上摩擦，我看見在指尖與牆壁間爆出血血血色火花，一片指甲飛脫，擊中我的鼻子，我拚命狂叫，用盡力氣狂叫，寒風自咽喉衝出。

我撞上地面，下半身傳來狂烈的痛楚，我腿先著地，腿骨折成一小段小段，自散亂開花似的肌肉中穿插而出，我重重喘息，脖子轉不了，只有滾動眼珠子，但兩眼望向不同的方向，眼中的視野分成了兩個。

除了頭以外，身體其餘部分的感覺正逐漸地消失中，我右眼看見下半身橫臥在眼前，大腿壓入肚子，被腸子纏住了，左眼看見我的一隻手，手，手指的顏色好怪，是白的，白粉筆一般的白，五隻全白。

五千元的指甲一點不剩，整段指節在牆壁上磨盡了。

我直瞪著手指的白色，啊，這是我手指的骨架，白得多美。

人臉

小娟自殺了，還留下一封遺書給我，內容如下：

「我會回來找你的。」十足電影台詞。

不過，她還真無聊。

我從來沒喜歡過她，我們根本不可能是情侶，罔論她在外面說什麼我冷血、負心、無情無義、狼心狗肺，跟我一點關係也沒有。我沒跟她約過會（連大夥兒一起出遊或吃飯也沒有），怎麼可能（如她所說）用過她的錢、上過她的床甚至毆打過她？這一切只是她迫我就範、乖乖當她情人的手段而已。

我的密友們都知道她說謊，原因很簡單，因為我是同志，對女人一點興趣也沒有。

於是，她無聊得選擇一死了之，以大眾輿論陷我於不義。

更無聊的是，她還真的回來了。

那天晚上，我在書桌上溫習的時候，聽見書本底下發出細微的呢喃聲。

我拿走書本，看見桌面上印了一張模糊的臉，像是一攤陳舊的茶漬，卻是五官俱備，一看就知道是小娟，她那張國字臉和小眼睛是錯不了的，雖然那張人臉上的眼睛只像兩團霉塊。

人臉的嘴巴是洞開似的一團黑渣，發出風聲般的吱啾聲，我覺得非常噁心，將書本用力拍上去，它沒有喊痛，只是繼續呢喃。

我不願忍受她的糾纏，何況這次她還登場入室，實在是太過分了！我收拾書本，走去宿舍樓下交誼廳溫習，總算暫時躲過她的騷擾。

後來我還到福利社去買消夜，又到其他房間去哈啦，待我消磨時間到午夜回房時，果然如我所料，宿舍房中依然迴盪著她的低吟。

我問室友有沒有聽到什麼怪聲？他們說沒有。

我問他們，我桌上的那個圖案像什麼？他們一個說像蝴蝶，一個說像蝙蝠：「呵我知道，這叫什麼墨跡法對不對？心理測驗來的。」

墨他的頭。

於是，我只好搬來我最厚重的課本，壓在人臉上面，還外加我珍藏的一套漫畫包圍著它，可她的聲音彷彿不受障礙似的，依然在房中迴響。

我用厚被和枕頭蓋住耳朵，忍耐了一夜，第二天早上才想到，桌面下方是抽屜，抽屜裡不就是個類似音箱的空間嗎？怪不得她的聲音會那麼響亮。

我拉開抽屜，想將桌上的書本塞進去，這才發現桌面上的人臉消失了，桌面又恢復了單調的木紋樣式。

不對勁，因為那聲音還在。

我坐在椅子上，仔細聆聽，果然，小娟那惱人的聲音是從抽屜裡頭傳出來的！

我再度拉開，搬空裡頭的東西，啊哈！她那張討厭的臉果然在抽屜裡面，附在金屬底板上，像一層鏽跡。

「你……」我還正想跟她講理，她的臉竟漸漸變淡、褪色，抽屜底板光滑如昔，她的魔音也在房中忽然消失，像什麼事也沒發生過一般。

「怎麼會？」我狐疑不解，死纏爛打的小娟會這麼乾脆？實在不像她的作風。

我看看時間不早，該趕緊去上課了。於是我推回抽屜，從椅子站起來換褲子。

「哇！」我一脫下褲子，室友便驚叫起來，「你漏屎呀？」

我低頭一看，兩條大腿沾上了怪異的棕褐色斑紋，我驚訝的用手去擦拭，它就像天生的胎記一樣，鑲嵌在皮膚上。我尖聲怪叫：「怎麼搞的？怎麼搞的？」

忽然，我靈機一動，試著將兩腿合在一起，果然！兩側的斑紋拼湊成一張人臉！其中兩塊斑點還正好合成一張嘴巴的形狀，隨即開始傳出呼嘯似的呻吟聲，我忙一張腿，聲音又停止了。

天啊！她乘我大腿擺在抽屜下方的時候，從抽屜底板降落到我的大腿上！

這奸巧的女人！

媽媽遞給她那杯水時，她正忙著玩平板電腦上的遊戲。

「妹妹，這杯水喝了，上個廁所去睡覺。」媽媽說，就跟平日一樣。

「哦。」她沒抬頭，手上玩得不可開交，心想反正媽媽等下會再催促她的，等她催急了，再停止遊戲還不遲。

可是，今晚的媽媽跟往日不一樣。

等她抬起頭時，媽媽已經進房熄燈睡覺了，姐姐也去睡了。為何媽媽今晚沒有連珠炮似的催她去睡呢？

她望了一眼壁鐘，驚訝時間不早了，明天還得上課呢，小學的校服準備好了沒？功課也放進書包了吧？明天是二年級開學日，媽媽會早起做早餐，牽她走路去學校的。

她趕緊刷了牙，靜悄悄地開門進房，生怕吵醒了唸中學的姐姐，吵醒她可是會被罵到臭頭的！可是今晚姐姐睡得好熟，連打呼聲也沒有，她今早跟同學去逛了一整天的街，想必很累了吧？

可能因為玩了太久電腦遊戲，她一整晚都在作怪夢，直到天色快變白了才睡得很沉。

當她驚醒時，才發覺已經早上十點了，上課時間老早過了，她慌張的跳下床，心想慘了慘了，錯過開學了，一定會被罵慘了！

她衝出房門，看見客廳跟昨晚一樣，什麼也沒改變，桌上沒早餐，帶去學校的水壺沒擺在桌上，家裡安靜得很，不過窗戶是敞開的，是媽媽醒過來了嗎？還是媽媽昨晚沒關窗嗎？

她不安地走去父母的房間，輕輕扭開門把，映入眼中的，是躺在床上的爸爸媽媽，他們都還沒醒來！怎麼可能？

她湊近媽媽的臉，看見她眼瞼半閉，嘴巴微張，一道乾了的白色黏液流下的痕跡掛在嘴角。

「媽媽？」她小聲試探叫著，可是媽媽沒反應。

她走到床的另一邊：「爸爸？」爸爸也沒反應，他也半合著眼，整個下巴掉下來似地大張著口，卻沒發出一點打呼聲。

爸媽的床頭兩側都有一張小几，她看見兩張小几上都放了個空的玻璃杯，這不像他們的習慣，他們常常責罵姐姐和她不要在睡房吃東西，免得掉在地上的食物殘屑會惹來螞蟻，所以在房中喝水更是大忌。

而且，爸爸床頭的玻璃杯底下壓了一封信，她看到一個「書」字，另一個字在杯底下看不清楚。

小小的她心中生起一股寒意：「難道……」恐懼突然包圍了她，她小心翼翼地走出房門，彷彿害怕吵醒床上的爸媽似的，很輕很輕地帶上房門。

她不知如何是好，只好走回自己的房間，卻驚奇地看到姐姐也仍睡在床上！姐姐不是也要開學嗎？為什麼她沒去上學？

忽然，她似乎搞懂了，她不敢去探望姐姐，姐姐的身體背對著她，但她幾乎可以想像出她是如何的一張臉。

她走回客廳，看見擺在桌上有兩個杯子，一個是空的，是昨晚媽媽給姐姐喝的，而媽媽用她最愛的卡通人物塑膠杯裝給她的那杯水，依舊滿滿的，因為她昨晚沉迷玩電腦遊戲，一不留意就忘記喝了。

「早起要喝水。」媽媽這般告訴過她。

是的，睡醒之後總是口乾得很。

失業

我老公自從失業之後，就不停地酗酒，每天喝得醉醺醺的，一點也沒有去找工作的意思。

我問他酒打哪來的？是不是用我每天辛勞賺來的糧票去換來的？他不回答我，只顧一古腦兒地灌酒。

然後，他開始一天比一天肥胖。

原本削瘦的他，手臂變得越來越粗壯，鬆垮垮地垂掛著脂肪，肚腩和腰圍膨大得像核電廠的煙囪，曾幾何時，他的兩條大腿也肥得黏在一起，寸步難行，只能整天窩在沙發上。

有一天傍晚我下班回家時，發現屋子裡面陰暗得很，外頭的陽光一點也進不來，我打開天花板的燈光，才看見老公的身體把燈光也遮去了大半，更遑論窗外的陽光了。

於是，我不得不通報消防隊。

消防隊趕來後，很快便明白了我的困境：老公必須被送去醫院，而以他現在的體型根本無法被運出大門，除非拆掉一面牆壁。

他們建議我通知衛生局，而衛生局的人也很快趕來了。

「女士，我們瞭解到，要將你丈夫送去醫院，首先必須面臨拆建費的問題。」衛生局的低階官員告訴我，「這會用掉你五十個單位的儲蓄，而你目前在國家財庫僅有不到七十個單位的活用基金。」

「因為我老公失業了，」我哽咽道，「我一個人工作卻要餵兩張嘴，他還吃得那麼胖。」

「事實上，女士，你丈夫患上了一種罕見的疾病，正是我們正在積極研究的對象，」衛生局的低階官員遞給我一份表格，「只要你簽字同意，將丈夫給我們進行醫學研究，國家就會負擔一切費用，他不但會受到妥善的照顧，而且你還可以在他有生之年每個月領到他過去一半的收入。」

我有何選擇？只有欣然同意。

我眼睜睜看著國家建工隊前來拆牆，把肥得像巨球般的老公運出去，再把牆壁迅速地補回去，讓我今晚可以安心睡覺。

之後，我去醫院探訪過三次，他住在光潔明亮的大房間，舒服地躺在柔軟的地上，臉孔看來一派無憂無慮，而且一次比一次肥大。

我最後一次去探望他時，他的身體已經塞滿了整個房間。

不久，我收到了病危通知。

「你丈夫的心肺已經負荷不了他的體重，如今他非常地衰弱，我們打算拔除他的維生系統，」醫院的工作人員告訴我，「你打算負擔他的屍體處理費嗎？」

「需要多少？」

「一公斤一個單位國家基金。」

我嘆口氣，搖搖頭。

「如果你同意將他的遺體交給國家研究之用……」我不待他說完，便簽了字。

醫院的工作人員離開後，我偷偷躲到老公的病房，貼著他依然有體溫的肚皮，低聲飲泣。

有人打開了病房的門，我嚇了一跳，趕忙藏到老公的背後去。

「付不起子女稅，所以這對夫妻沒有申請生孩子。」有一把聲音喃喃地說，「這男人的工作生產能力在上個月落入不及格範圍，所以就被列入失業名單了。」

另一個聲音說：「太好了，我們又為地球減少了不少負擔。」

我聽了，腦海裡想起了國家一直在宣傳的：人口成長超過糧食增長……地球耕地響起警鐘……全球即將進入大飢餓時代等等……

「來吧，動手吧，」那兩個人說，「乘他還溫熱，趕快分解了，送去隔壁吧。」

我對他們接下來粗暴的「分解」動作感到驚惶不已，乘他們埋頭忙碌的時候，我摀著嘴，偷偷溜了出去。

出了醫院，我才注意到醫院隔壁就是「國糧局」，我們只在登記結婚那天很奢侈地拿糧票去換了一塊肉，其餘時間都是換取合成糧的。我還記得那塊肉的味道，因為在我所有的記憶中，並沒吃過幾次肉。

我回到家時，兀自哆嗦不已，找到老公遺留在沙發底下的半瓶酒，喝了一口壓驚。

我躺在沙發上，感受酒精流過食道，進入胃囊，吸收到血液，流遍周身。

接著，我感覺到瘦瘦的手臂下，脂肪組織在漸漸增加，以肉眼可見的速度在堆積……

三尺

「舉頭三尺有神明啊……」算命先生臨終的時候，這麼說道。

他命喪於一把榔頭之下，那把榔頭就擺在入口邊，是他昨天為招牌釘上新釘子用的，他剛剛才後悔沒早點收好。

拿榔頭的是一位年輕人，他剛殺了人，而且是今天第三個了。

當他來找算命先生時，原本沒打算殺他的，要怪，只能怪他太靈了，不得不殺。

三個小時前，他潛入一棟公寓，週末晚上八點的公寓單位烏漆漆的，他忖度屋主是週休二日度假去了。

沒想到，當他亮燈時，床上跳起了兩個赤裸裸的人。他沒多加思考，只管把從廚房拿來防身的刀子猛捅下去，直到鮮血溢出床單流到地面為止。

從以前開始，他的家人、朋友、老師都說他老是控制不住脾氣，這點他承認，可是他自己倒是沒料到，在這種驚慌的時候，他竟能如此沉得住氣殺人。

他搜刮了一大袋財物，拿了他夢想已久的數位相機，然後才想起沒戴手套，這棟單位到處都是他的指紋。

他到廚房找抹布擦拭刀子、門把、電燈開關，越擦越擔心，擔心待得太久會夜長夢多，說不定會有電話響，說不定會有人忽然開門闖進來，說不定樓梯口正好站了位便衣警探。

他停止擦拭，抱著忐忑的心情逃跑。

他越想越不安，不知道會不會很容易被逮到。不過，誰又猜得到是他幹的呢？他壓根兒不認識那兩位剛成為屍體的男女，他平日也不在這附近活動，唯一知道實情的，只有他本人、屍體，還有神明了。他心想常到廟裡上香，很給神明面子，祂們總會在危急時幫個忙吧？

他越想越不甘，想著懷中的數位相機和寥寥無幾的紙幣，收穫這麼少就坐牢甚至被槍斃，那就太不划算了。

想著想著，正好瞄到一塊老舊招牌，寫著三樓是一位半仙，「麻衣神相五十一代傳人、陳希夷斗數七十代傳人」云云，還寫「不準退錢」之類的（他疑心是錯別字「不准退錢」）。

為了求個心安，他上樓去，見到半仙的房間並不起眼，泡麵碗疊了一層，髒亂兼黴臭，看了教人倒胃口，更別說有信心了。可是他說出來的話嚇死人：「你大限已到，晦運正旺，恐怕過不久就要坐牢。」

「你知道我為什麼會坐牢嗎？」

「因為你殺了人。」

他嘆息道：「你有沒有幫自己算過命啊？」說著，舉起榔頭。

「是命逃不過，」算命先生抖著說，「況且舉頭三尺有神明，你也是逃不過的。」

他被逮到後，矢口否認一切，警方給他看證據。

「喏，」警察說，「這是街角拍到的，你正走向大樓，這是樓梯口拍到你走進大樓了，這是死者家門外拍的，你正在撬門，然後……（警察按下快轉鍵）你慌張的跑出來，背上有血跡，就在這裡，看見了吧？」

他啞口無言。

監視攝影機，大約在他頭上三尺，以四十五度角斜拍到他。

「還有這個，」警察從電腦調出另一個視訊檔案，「算命師有拍下他的每一位客戶……」

弟弟

十歲那年，爸爸媽媽忽然問我想不想有一個弟弟。

當然想！我當了十年獨生女，在家好寂寞！沒有同齡的人可以聊天，即使以後跟弟弟會有十年代溝，但總比跟爸媽有二十多年的代溝來得好吧？

「你們什麼時候要生？」

他們只是尷尬地傻笑，然後那天晚餐之後，就早早催我去上床睡覺。

可是，平常我都看了電視才睡的，那天他們不准我看電視，說怕我近視加深，又叫我進了房就不要出來，說客廳暗暗的不知會跑出什麼來，會嚇到我。

我真的被他們嚇到了，不習慣早睡的我，很快就尿急了，憋了很久也不敢上廁所，後來想到尿床的結果更可怕，才硬起頭皮打開房門。

廁所就在爸媽的房門旁邊，憑著窗外路燈送進來的光線，我小心翼翼地踱到廁所，打開廁所燈、放下馬桶座，然後坐上馬桶，發呆地望著廁所門斜對角的爸媽房間。

爸媽也還沒睡嘛！我聽見床腳移來移去的聲音，大概在換床單吧？還聽見媽媽好像很累不停在喘氣……忽然間，我感到臉龐一股火熱，以前在電視上看過那種害羞的事，也是會發出這種聲音的。

我整個人睡意全消，身體中油然升起一股熱流，不禁睜大眼盯著房門下方，看著門縫的柔黃燈光在有節奏地晃動著。

忽然，我感到有人在外面！不對，爸媽還在房中，會有什麼人呢？

我猛一抬頭，看見一雙蒼白的小腿，登登登地快步走向爸媽的房門，穿過門板，消失了。

我愣住了，完全忘記了我把褲子脫到一半坐在馬桶上這回事，下意識想避開門口，站起來走到廁所更裡面的地方。

又出現了，一雙蒼白的腿以更快的速度衝進門口，沒有上半身！的確沒有上半身！我才剛剛掩上嘴巴阻止自己叫出來，又一雙小腿快步奔向門口，倏地穿門進去了。一共三個！

等了一會，見沒再有異樣，於是我悄悄地走到廁所門口，望了望外面陰暗的客廳，耳朵聽到爸媽的房中傳出很多聲音。

「我先到的！」是一把小男孩的聲音，「我最先進來的！」

「我不管！」是女孩的聲音，「我已經五次不成功了，這次一定要讓我！」

難道爸媽聽不見他們的爭吵嗎？我只聽見媽媽的喘息聲越來越快、越來越重，爸爸也發出從來沒聽過的低吼聲，根本沒理會他們房門口的爭執。

隨著爸媽的聲音愈加急促，三個小孩開始緊張：「你做什麼？不可以！」聽起來像互相推擠、拉扯，粗暴得很。

「我先！我先！」「去死吧你！滾開！」房裡頭鬧成一團。

爸媽忽然發出一聲長長的和聲，小孩的爭吵聲也驟然而止，整個世界剎那回歸了靜謐。

等了一會，才聽見有人下床的聲音，我趕緊拉上褲子，小跑步地回到房裡去。

拉上棉被後，我還是久久無法合上眼睛。

因為我開始擔心跟弟弟合不合得來。

報平安

「喂？」我接起手機。

那頭遲疑了一會，才出現聲音：「喂，小倩嗎？」

我鬆了一口氣：「怎麼，平安到台北啦？一路上沒怎樣吧？」

「呃……還好，我剛剛才check in了不久，房間是321。」

他的結結巴巴讓我很是不安：「你怎麼了？出了什麼事嗎？」

「沒有，」他說沒有，更可疑了，這種語氣分明有問題，「家裡還好嗎？」

「沒事，沒事，」我撥了撥頭髮，覷了一眼壁鐘，十二點，一如他平常去出差那般，「我要早點睡了，小如上床很久了，明天大早還要送她去上學，你也早點睡吧，嗯？」

「等一等，」他的語氣急躁，阻止我收線，「門窗有沒有關好？再查一下。」

他怎麼啦？平常都是我在睡前檢查門窗的，今天他人遠在台北，反而關心起來了？「我待會去看看。」

「瓦斯也是，查查看有沒有關好。」

「你今天真的很反常耶。」我忍不住了，「你到底發生了什麼事？快說。」

他忽然陷入了沉默，電話那頭安靜了很久，久得令我也害怕了起來，身體微微揚起了一股寒意。

「我……」電話那頭突然傳來細小的氣聲，嚇了我一跳，他似乎用手包住話筒，偷偷在說話，「我的房間，有古怪。」

「什麼古怪？」我也不禁壓低了聲音，似乎怕那頭有人在偷聽那般，「能換房間嗎？」

「他們說今天客滿了，我很懷疑，大概是懶得幫我換。」

「有什麼古怪？」我急於想知道，又不敢說出那個字眼，「是那個嗎？」

說完了，也不禁背脊發麻，疑神疑鬼的環顧起客廳來，整個客廳只有關小聲免得吵到小孩的電視，正發出模糊的窸窣聲，我從字幕上知道來賓在討論功效驚人的遮瑕霜。

他又沉默了許久，才說：「剛才我擱下行李，想先去洗澡。」

「唔，唔。」我抿著嘴點頭。

「我先到鏡子前面去刮鬍子……」這男人講話能不能夠乾脆一點？急死我了。

「我看到你在鏡子中。」

「我？」我差點叫起來，於是趕忙摀住自己的嘴。

「你……你看起來兩眼無神，很可怕，就像……就像……」

「像死人一樣。」

「對，對。」他在那頭好像因為我答對了，顯得有點高興。

「你眼花了，」我極力壓抑著自己的恐懼，聲音也微顫了起來，「一定是，還是你開熱水太大了，鏡面起霧了？」

「不，在鏡子中，你站在我後面。」

「唔？」

「現在，你……就站在我旁邊。」

我倒抽了一口寒氣。

「所以我擔心你是不是出事了。」

我問了一個很令我好奇的問題：「在你旁邊那個我……穿什麼衣服？」

他頓了一下，大概是轉頭去看吧？「跟你平常在家打扮一樣，那件泰國旅行的紀念T恤，紅色短褲……」我低頭望望，沒錯，是我剛剛洗澡之後才換的。

「我在看著你嗎？」我把手機緊貼耳朵，生怕聽漏了任何一個字，同時走去大門，壓了壓門把，確定鎖緊了，推了推窗戶，確定扣緊了，然後走進廚房。

「是的，現在你變得很錯愕，正在瞪我……」我聽得出來他在發抖。

我扭了扭瓦斯爐的開關，看看瓦斯關了沒。

一聲巨響，我的耳朵剎那間聾了，一陣高熱衝襲我的眼前，全身的皮膚瞬間化開，就失去了感覺。

什麼都還來不及反應的我，心裡的最後一個念頭就是在電話另一頭的他。

我張開眼時，看見他瑟縮著蹲在旅館鋪了地毯的地面，驚慌地朝手機叫喊我的名字：「小倩！小倩！發生什麼事了？你為什麼不回答？」

「阿明……」我叫他，他聽到了，停止叫嚷，慢慢地轉過頭來，恐懼萬分地瞪著我，口中兀自不停地喃喃道：「天啊，天啊……」

然後他將視線移向我的背後，淚水忽然暴流：「天啊，是我害了你們嗎？」

我緩緩回頭，是小如，站在我後面，莫名地望著我們。

「媽媽，我們在哪裡？」

水管

我的貓一直在用身體摩擦我的小腿，每當她這麼做時，就是想要用餐了。

「好啦，好啦。」我從櫥櫃取出貓食罐頭，在她面前晃了晃，便走到水槽旁邊開罐頭，此時，一股氣味襲入我的鼻腔，令我忍不住仰首嗅了兩下。

廚房裡瀰漫著一片酸味，已經有好幾天了。

我四處尋找氣味的源頭，遍尋不獲之後，我放下貓食罐頭，彎下腰清理垃圾桶，抬頭整理上面的櫥櫃，將裡頭的雜物搬出來清理，還扔了不少過期的食品，再用清潔劑把地板全部拖一遍，但是廚房依舊有一股詭異的酸味。

我的貓急了，朝著貓食罐頭的方向喵喵叫個不停，可是我的全副心神已經被氣味吸引過去了。

事實上，那並不臭，相反的，它酸得有一股甘甜的感覺。最後，我將鼻子湊到水槽的排水口去，輕輕吸氣，果然！氣味是打從這兒跑出來的！

我恍然大悟：難怪，不久前我剛倒了幾大瓶的優格進去。前陣子嗜吃優格，心血來潮，便試著自己製作優格，一做就做了幾大瓶，每天吃，吃得膩透還吃不完，擱久了還開始產生一股惡味，於是只好將剩下的全部倒掉。

可是……這氣味不只是優格的，即使是，也早該被沖到化糞池去了吧。

去年我在水槽加裝了食物粉碎機，吃剩的飯菜全部可以倒進排水口，按個鈕就打成稀爛沖走，連雞骨頭都可以打成碎屑。或許是貪新鮮吧，我每次洗了碗之後，都很期待聽見廚餘被打碎的聲音，感覺上好像自己很殘忍。

我想，那些碎屑會不會還有黏在水管壁上？我知道水管壁的內徑會越來越小，因為各種各樣的東西積在水管內壁之故，一如人的血管內壁沉積脂肪造成血管阻塞、管壁脆化，最後就血液過不去，或爆血管之類……我離題了，反正水管壁也會結石，然後阻塞，然後要找人通水管或換水管。

那些碎肉搞不好還粘黏著水管壁，在五層樓長度的水管裡頭慢慢腐敗，滋生細菌，而且還每天補充新的原料、新的血肉、新的植物纖維、新的菌種……我再湊近排水口輕輕嗅一嗅，嗯，那股酸味彷彿越嗅越好聞，原本就不討厭，現在根本是喜歡了。

這有點變態不是嗎？有誰會愛上水管的氣味的？

突然，我聽到一個奇怪的聲音，像是有人打了個嗝一般，在水管中迴響了一下，從排水口冒了出來，像個肥皂泡般擴大、爆開，迸發滿室甘香。

一個尖銳的聲音從我身後響起，宛如一道長長的利齒劃過耳際，嚇得我毛骨悚然！是我的貓！她興奮得全身體毛豎起，弓起細腰，尾巴抬直，從喉嚨深處發出悽厲的叫聲，然後一躍而起，迫不及待的跳上水槽邊緣。

牠大概是餓瘋了，當排水口噴發出誘人的食物香氣時，牠馬上失去理智衝過來，將臉湊去排水口，企圖捕捉香氣的來源。

但是，排水口「咯」了一聲，食物粉碎機的利刃忽然開始高速轉動，產生一股強大的吸力，把貓咪的頭霍地吸進去，只不過一瞬間，牠的身體在排水口扭曲、打轉，然後整隻貓消失在水槽中。

我冒出一身冷汗，因為剛剛的我，也在剎那間彷彿失去了理智，想伸手去排水口掏掏看有什麼好吃的東西。

排水口發出懶洋洋的咕嚕咕嚕聲，在五層樓高的水管中迴響，看來它非常滿意剛才的收穫，我甚至可以感覺到它在緩慢地蠕動，將連骨帶血的碎肉吞嚥下去。

我開始感到不確定，下一次我能不能抵受得住它的香氣攻擊。

電話

看著她日漸痴肥的背影，一時搞不懂怎麼會跟她同居十年的，或許，是因為習慣了吧？

她挪一挪塞在小椅子裡的屁股，繼續跟大學時代的死黨在電話瞎聊，當年班上的大騷包離婚啦，醜得沒人要的竟嫁了個大老闆，班花的老公果然外遇啦。我一一聽在耳裡，只等她放下電話，好讓我上網。

我打開電視看，卻被她斥道：「小聲一點，沒見我在講電話嗎？」

也難怪，她已失業半年，以前在百貨公司化妝品專櫃的她，隨著百貨公司倒閉，晚間的洗臉也懶得做了，皮膚失去光澤，鎮日只在找朋友聊電話，零食一口接一口。

她連廁所也沒上，竟聊了三個小時，我受不了了，在呵欠連連之下，向她宣布我要睡了，還提醒她別半夜三更的纏著別人談天，會打擾別人的。而且別忘了，明天她不是約了面試嗎？

當天晚上，我不記得她有回房睡覺，第二天起床時，她仍坐在原本的椅子上談話，不時還輕笑一兩聲。我的天啊，真是夠了！她真的聊了個通宵嗎？誰那麼瘋陪她聊通宵呢？電話費不用付的嗎？

我很想一把搶過電話筒，但我忍住了，眼下得趕去上班，等回來再跟她算帳，說不定分手算了。

一整個白天，我從公司打電話回家都打不通，看來她還在聊！她的面試怎麼樣了？難道她真的不想工作了嗎？

我真的很生氣，一下班就衝回家，進了門，她果然還在聊，聊得兩眼呆滯，一手不停將豆干往嘴裡送，地上還散了一堆零食包裝袋。

「喂！」我搶過電話筒，一把摔在地上，「你怎麼沒去面試？聊這麼久！電話費誰付？水電誰付？房租誰付？你腦袋清醒清醒！快變豬了！」

她才不過愣了一下，隨即怒吼：「你很過分吔！」說著，便奔進房中，乒乒乓乓一番，提了兩個手提箱出來：「我要分手！」

「你要去哪裡？」我無力地問道，我知道她親戚不在這裡。

「豬頭！要你管？」她把大門鑰匙扔過來，打中我的肩膀——好痛！——然後砰一聲合上大門離開。

我呆呆地站在電話邊，只覺得客廳安靜了許多，呆立良久，我才將地面打掃乾淨，收拾好零亂的桌面，抹去電話筒上的口水，才到樓下的便利商店去買個便當。

那一晚，我輾轉難眠，精神很糟。

第二天早上，我覺得氣氛有些不對。步出客廳，我嚇了一跳，她還在講電話！怎麼會還在？她不是把鑰匙扔給我了嗎？除非她還另外留了一副。

「美芳。」我叫她，她沒理我，繼續在聊哪家百貨大減價、哪家的櫃台小姐沒禮貌之類的。

我安靜地換好衣服出門，再試著從公司打電話回家，還是不通。

我躊躇不決良久，不知道回家該怎麼對待她，我想我們都是大人了，不是當年剛同居未成熟的少年了，應該冷靜地談談才是。打定主意，我放鬆不少，還買了她愛吃的東西回家。

回到家，她沒開燈，客廳黑黑的，只有窗外透入的燈光映照出她的輪廓，也聽得到她細細的談話聲。「美芳，」我說話了，「念在咱們十年的感情，你可不可以放下電話，咱們聊聊？」

她沒理我，我嘆息了一聲，摸黑步入房中，一面換衣一面掃視地面，不對，真的不對，怪了，美芳的手提箱呢？怎麼沒見她帶回來？我打開衣櫃，果然，她的衣服一件不留，扔給我的鑰匙還好端端地被我擺在衣櫃裡。

我步出客廳，開燈看她，這才注意到坐在電話旁的她，依舊穿著昨天的衣服，就像從來未曾離開過一般。

不僅如此，她的身影模糊，像花了的電視螢幕，時不時還會閃爍幾下。當她抬頭望我一眼的時候，我看不清她的雙眼。

猛然，我不寒而慄，但我依然小心地移步出去，從她背後將電話線接頭拉過來，然後，拔開！

……電話線在我手上，可她仍然在講電話，聊個不亦樂乎。

不知是不是我神經過敏，總覺得電燈也有些陰暗，空氣也冷了起來。

我望望房間，思忖著必須繞過她身邊才能抵達房間……我不敢冒這個險，因為我不確定正在講電話的是不是她！

於是，我小心翼翼地走到大門，靜靜出去，悄悄關門，離開途中還不時回首，生怕她開門出來。

我不敢回去。

我怕她仍然坐在電話旁，聊天。

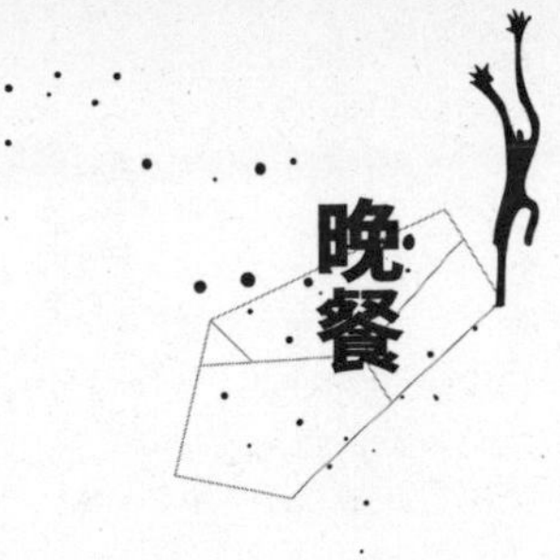

晚餐

晚飯時間到了，小玉從寢室出來，坐到她平日習慣的座位上去。

桌上的菜餚比平日豐盛，她暗自注意到，有她愛吃的糖醋排骨，弟弟愛吃的雞排，媽媽愛吃的粉蒸肉，爺爺愛吃的紅燒獅子頭，還有吃長齋的奶奶愛吃的宮保素魷魚，甚至還準備了平常被禁止喝的罐裝汽水！

今天是發生了什麼事嗎？小玉如往常一般沒考第一名，沒什麼值得慶祝的，莫非家裡有人生日？會是誰呢？

爺爺拿起飯碗和筷子，率先說：「開動。」

大家都拿起筷子，紛紛去夾自己最愛的那盤菜。

這時候，小玉注意到飯桌上少了一個人。

飯桌上空出了一個位子，擺了一副筷子，添了滿滿一碗白飯，就是缺了個吃飯的人。

「是誰沒來吃飯？」她問，但沒人回答。

大家在沉默地低頭吃飯，似乎沒人理會她的問題。

她不安的四下張望，她知道少了一個人，卻一時想不起少了誰？這個人非常重要，但常常在她生命中缺席，以至他的地位在她心中漸漸淡薄。

但以前不是這樣的，以前不是這樣的。

她咬下她愛吃的糖醋排骨，蜜汁滿滿地流到舌蕾上時，她忽然一陣心悸，驚恐地站起來：「爸爸呢？」

「哦，」媽媽一邊嚼著滿口的粉蒸肉，一邊說，「他一定又是公司太忙了。」是的，爸爸自從開公司之後，就很少在家吃飯了，以前他燒得一手好菜，常常在家下廚，以前他們也常常一家週末出遊，曾幾何時，他彷彿變成家裡的一縷孤魂，只有在半夜才靜悄悄地開門進屋，然後滿軀疲累地癱在沙發上。

「不對，」小玉說，「為什麼要放一碗他的飯呢？」

「是哦，為什麼呢？」小弟一副不在乎的表情，開了罐汽水猛灌。

小玉全身莫名的流過一陣寒意：「爸爸是不是死了？」她聽同學說過，有的習俗在家人死之後，還會在餐桌上擺一副他的碗筷，讓他可以如常與家人共聚用餐。

奶奶叱道：「小孩子亂講話！咒你爸去死？」

小玉覺得一切都不對勁，她感到非常的害怕，她知道她應該知道她在害怕什麼的，但卻又一時想不起來！

「爸爸！」情急之下，小玉大聲吶喊，「爸爸！」

爸爸的影子在椅子上一閃而逝。

「爸爸！爸爸！爸爸！」小玉發狂似地叫嚷，但家人們卻冷漠地不理睬她，頂多嫌惡地覷她一眼，然後低頭吃飯，但小玉不放棄，她大聲喊叫，「爸爸！爸爸！爸爸！爸爸！」

一個男人的影像在椅子上愈加清晰了，他一臉憔悴，低頭望著碗筷。

男人悲哀地坐在桌子前面，遲遲不願動筷。

他好像聽見女兒在叫他，他知道不可能，但依然忍不住抬頭望了望餐桌。

果然，一個人也沒有，除了他。

今天，他煮了全家人愛吃的菜餚，補償他生命中永遠失去的珍貴時光。

在這之前，他也為了補償長期忽略的家人，計畫了一場全家旅行，但在臨去機場之前，他必須趕回公司處理一些事，便叫了機場接送專車先送家人過去。

在他處理完公事，趕往機場的路上，看見高速公路旁一輛撞得稀爛的箱型車，馬路旁散落一地的旅行箱是他熟悉的款式，路肩上還躺了七具蓋了白布的人體，包括司機。

他頓時崩潰了。

今天是頭七，他如以前未開公司的那段時光，為家人燒了一桌晚餐，擺好所有人的碗筷，還為自己倒了一杯水，手掌上放了一顆「殺鼠靈」。

他還在天人交戰，猶豫著要不要吞下去。

冰塊

「我失戀了。」她說，然後一口嘔吐在我腳邊。

喝了一個晚上的酒，她酒味沖天，整個人酥軟得像布娃娃。

身為閨中密友，我只好送她回家，將她好不容易扶上五樓，開門，讓她躺在沙發，然後去浴室弄條濕毛巾。

當我把毛巾拿來時，她已經從沙發起來，踉蹌地走去冰箱，又拿出一罐啤酒。「夠了！」我搶過來，將啤酒放去桌上。

「你不懂的，小君，」她迷迷糊糊地說，「我要將回憶喝下去。」

「什麼回憶？」

她又打開冰箱，從冷凍區拿出一個製冰格，放在桌上，再去廚房拿了個大玻璃杯。

「我很愛他，」她說，「他終於答應跟我一起出去吃飯那天，我哭了。」她指指製冰格的角落：「這一塊冰塊，有我那天的眼淚。」

「什麼？」

「這一塊，」她指第二塊摻了些淡褐色的冰塊，「是我們第一次約會時喝的餐後酒，是香檳。」她如數家珍，指向第三塊白濁的冰塊：「這是我跟他第一次上床時，射在我體內的精液。」我不禁目瞪口呆。然後是第一次去溫泉旅館的溫泉水，第一次一起淋雨的雨水，第一次一塊兒游泳的海水……

「人家說水能留住訊息，」她說，「我相信。」

我不敢問那塊濁紅色的是什麼。

她主動說了：「這是我第一次墮胎，自己吃藥丸那種，你知道，當時流出來的。」

我受不了，很想大喊：「你變態！」但是我說出來的是：「你那麼愛他，他知道嗎？」

她哭了出來，邊拭淚邊猛搖頭：「他知道，所以他任意糟蹋我、作踐我！」

怪不得她今天心情那麼糟，一直央求我陪她喝酒，又在酒吧猛灌烈酒，還旁若無人地大喊大叫：「我不想活了，不想活了。」我還擔心她急性酒精中毒死掉。

「那種爛人，」我安慰她，「當他死了算了，你還是得好好過活呀。」

她兩眼無神地望了我一眼：「他死了。」

「什麼？」我整個背脊都涼了。

她走去冰箱，拿出一樣東西扔在桌上，發出砰的一聲，只消瞄一眼就知道，那是一根凍硬了的陽具。她指向陽具：「一切都是它的錯。」

她將冰塊全部倒進大玻璃杯，開了啤酒倒入：「我要喝掉這些難堪的回憶，不能讓它們留在世上。」

我沒時間阻止她喝下那堆冰塊，因為門鈴響了，我必須去開門。

然後，警察進來了。

她聞到自己的體表開始發出腐敗味，
當她細究來源時，發覺腐味深自內心，
那是她已經粉粹的心正在加速潰爛……

「咦？為什麼電視又開了？」
我伸出濕濕的手想去關電視。
「不可以！不要關！」
我嚇了一跳，臉色瞬間慘白……
「是你嗎？你，你不是死了嗎？」
「今天是大結局！沒看完我不走！」

當我再度睜眼時，
我已漂浮在海面上。
我在海上漂流了很久，
日出日落，
久得我不記得究竟有多久了……

100

我真後悔！

當初我如果學絕大部分的人一樣，一天抽三包菸、喝一大瓶烈酒、嗑藥、大吃大喝就好了，這樣子我就可以像普通人一樣死去！

八十年前，政府強力推行「享樂主義」的時候，我馬上察覺這是一項陰謀！

後來政府的標語越來越露骨，從「把握當下，及時享樂」，到「飯後親子時間，全家喝酒抽菸」，甚至國民每月配給菸酒方案、快餐店免稅方案、毒品自由方案等陸續通過時，我更加對政府的開明政策覺得疑慮。

不久，他們發現了我，以及一小撮像我一樣的人，於是開始制定對付我們的方案。

首先是「菸酒扣稅方案」的通過，有抽菸喝酒的人每年可減免稅，然後規定報稅時必須付上血液檢驗報告，凡是總膽固醇指數300mg/dL以上者、飯前血糖200mg/dL以上者、CEA有7ng/mL以上者等等，可獲「健康減免稅」優惠。

我十分瞭解，政府的目的是要讓我們認為「活著是很昂貴的，死比較容易」。

可是我依然堅持以我少肉、低鹽、低糖、少油、少調味料的飲食方式，每天在種滿植物的房間運動，外加空氣清淨機過濾外頭可能浸進來的空氣。五月的天空，陽光陰沉，被重重光化學煙霧遮掉了，數百年來全球人類每天呼吸，活生生的肺臟也過濾不盡工業革命以來產生的煙霧。

當耕地不足，全球農作物價格暴漲時，我開始食用我自己研究培養出來的苔蘚大餐。

終於政府按捺不住，告訴我犯了反政府罪行，請我到國家衛生局談一談。

我想，可能是我的大限到了。

當國家衛生局的派員看見我已經超過一百歲時，他說：「你太奢侈了。」

我反駁，我還健康得很，可以做很多事，不會浪費社會資源。

他說：「在平均年齡五十歲的現代，你是不良示範。」他的脖子漸漸變粗，「我們努力控制全球人口，好令地球的負擔減少，你卻要讓我們心血白費！」

「那你要我怎麼辦呢？」我無奈的撒手道。

「奉獻你自己給國家吧。」

從這一刻起，我後悔我很健康。

我被禁錮、分析、研究，國家衛生局希望瞭解我為什麼長壽，他們想從細胞層次著手，一奈米一奈米的分析我，好讓所有人出生時就已經設定好壽限，這樣子才是最徹底的做法。

在我被國家耗盡之前，我都被關在動物園裡生活，籠外掛的是「一百歲人類」，人們爭相來參觀我，驚奇地觀看我臉上的皺紋、我鬆垮的肌肉、微屈的雙腿，小孩子看了回去作惡夢，少年看了決定貫徹政府的指示。

在我生命被終結的前夜，城市遍處響起了號角聲，國家衛生局在空中投映一面巨大的計數板，顯示地球上第十兆兆兆個人類誕生。號角聲悽厲的迴盪在城市上空，彷若地球的喪鐘。

進補

媽說，如果要更聰明，腦的成分要ＤＨＡ來補，所以我從小就喝含ＤＨＡ配方奶粉外加每天一大匙魚肝油，好讓我贏在起跑點上。

媽說，頭腦要好，還得以腦補腦，所以要多喝豬腦湯。

媽說，身體要健壯，要多吃含胺基酸的補品，所以每天喝一瓶雞精（我到高中才知道，只要蛋白質就是由胺基酸組成的）。

冬天天寒，更是不能不補，麻油雞、當歸鴨、豬腳麵線一樣不少。

總之，任何一種跟「補」字扯上關係的食物、產品、配方，我沒有不沾過的，我的胃就是一部活生生的補品百科。

因此，正當我以榜首考入大學之際，我的頸，忽然冒出了一個超級大瘤。

「是混合瘤。」醫生替我拍了核磁共振、斷層掃描之後，說。

我媽哭得半死。

醫生又說：「迫近頸大動脈，很危險，萬一壓迫動脈，或手術大出血，造成大腦缺氧，會壞死。」

也就是說，一個不小心，我會變白痴，或差不多。

「什麼是混合瘤？」我問。

「也就是不只有一種細胞成分的腫瘤，有些還會分化出頭髮、骨組織等等跟原發組織無關的組織。」

我媽哭得虛脫：「老娘下半輩子還要靠這兒子的呀！醫生你千萬救他！」

我想，我是進補太多了，超出原本的身體所需，所以多餘的養分另外長出一些新組織來，而且還是長在最接近食物通道的部位，好就近補充。

腫瘤在左頸部越長越大，我無法將頭轉向左邊，因為腫瘤會卡到左肩；我也無法低頭，這在上廁所的時候分外難過，總要在事後清理一地瞄不準目標的結果；我的頭甚至無法正視前方，整條脖子歪歪的。

醫生也料想不到它長得那麼快，趕忙將我轉診到更大的醫院去。

媽媽拜遍了每一座寺廟，求遍了每一種秘方、驗方、偏方，我每天都在吃著喝著新藥方，而腫瘤依舊欣然地長大。

我不敢頂著一個大瘤出門，整天待在家中，挑戰我最愛的數學題目。

某天我忽然發現，數學題目在我的腦袋解出來之前，已經被我的手寫出來了。

同時我發現，我的混合瘤張開了一隻眼睛，和一張嘴巴。

我猜，腫瘤裡面還有另一個腦袋。

那個腫瘤的食慾很好，我已經飽極了，他還不斷要求再多吃一些。

媽媽高興地準備食物，她不給我吃藥了，又再吃補品，還說：「搞不好兩個比一個聰明加倍。」

我解數學題的速度愈加迅速了。

同時我感覺到，我的右頸開始微微隆起。

開門

打開寢室門時，感覺屋中有東西逃竄。

房子裡顯然有其他住客，我沒見過，但我知道牠的存在，偶爾在凌晨驚醒時，會聽見客廳有爬動的窸窣聲，只要打開燈便消失了。

我猜我很清楚那是什麼，因為牠遺留下的氣味，是我小時候常聞到的，那是賣蛇羹的店常有的氣味，我已故的父親常帶幼小的我去喝湯，他說很補。

我的房子裡有一條看不見的蛇。

我四下搜尋，床底沒有，櫥櫃沒有，天花板上也沒有。

於是我回寢室，再度開門，企圖捕捉到牠逃逸那一剎那的身影。

沒有。

房子裡有一股沉重的濕氣，壓得我透不過氣，但我卻沒有離開房子的衝動，只是不斷地在困惑。

我強烈地感覺到牠的存在，非常確定，牠似是無所不在，卻又隱藏得很好。

或許牠躲在牆壁中？我將耳朵貼近牆壁，果然，有一陣陣濁重的蠕動聲，很清晰，伴隨著黏液的聲音。

砰砰砰，有人敲門，我開門。

他在門口對我笑笑，問我能進來嗎？我認得他，可一時叫不出他的名字。

「我是老吳啊。」

對呀，我想了起來。

「你不是正在找我嗎？」

對呀，我又想起了，我一直在找老吳，我想起我找他時那種焦慮的心情，我發狂地在找他。

為什麼要找老吳呢？我忘了，一點也想不起。

「你忘了嗎？我們一起去露營、釣魚。」

我聽見蠕動聲在加強，一波接一波，已經在牆壁後藏不住了。

「我們喝酒、燒魚……」老吳說。

很快樂，我想起了，不過也很不安，不安感不斷徘徊在胸口，為什麼，為什麼呢？

老吳繼續說：「然後你早上醒過來時，發現我不在了。」

……我走出帳篷，看見濕泥地上有拖行的痕跡……啊，不安感更濃了，我感到手腳冰冷，頭皮麻痺，腦袋浸透在強烈的恐懼中。

「我被蛇吞了。」老吳一邊說，頭髮漸漸變得黏答答的，「好大的蛇，從頭開始吞，然後待在牠的肚子裡慢慢被消化。」

我毛骨悚然，問道：「痛嗎？」

老吳搖頭：「牠好像不知會分泌什麼，我掙扎的時候吞了不少，會產生幻覺，會好像……很困擾，在一個房間，不想出去……」

我猛然跳起，衝向大門口，用力開門。

剎那間，我的意識全回來了，我感覺到四周強烈的壓迫，又黏又濕的四壁，正一波波地將我推送進一條窄管。

我無法張眼，黏液令臉皮刺痛，我猜那是胃酸，我掙扎，卻發現兩臂被壓在臀邊，無法伸展，可是兩條小腿涼颼颼的，這表示我的腳還在外面！

我赫然想起放在褲袋裡的瑞士刀！那是我每次到野外必備的工具！我奮力扭動手腕，伸入褲袋……這下可好了，我取出了瑞士刀，但是，該怎麼把刀子從一大堆工具中挑出來呢？

我又看到老吳了，他還是坐在我面前，潮濕的臉龐像被溶解了大半，顯得有點哀傷。他似乎猶豫了一下，隨即伸出一隻手，摸摸，問：

「這個嗎？」

鋒利的刀子插入蠕動四壁，我幾乎可以感到牠的疼痛，因為四壁更

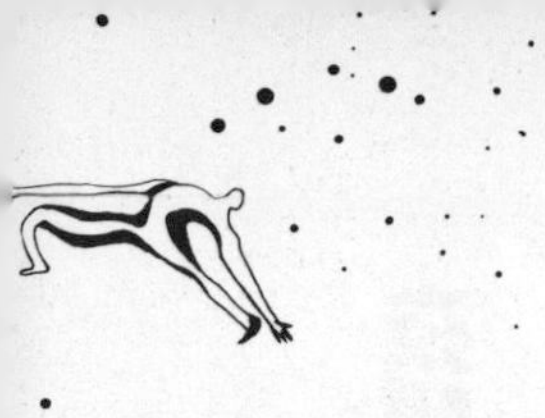

用力的擠過來了，我感到肩膀快脫臼了，手臂也快碎裂了！

我用盡力氣一劃而開，一股清涼霍然湧入，搾壓的四壁忽然鬆弛，我不敢遲疑，慌忙踢腳，倒退著爬出去。我感到四肢無力，仍然盡力爬開，我聽到水聲，於是掙扎著爬到水邊，撥水清洗眼睛。

在模糊的視線中，我依稀看見一大團癱在地上的蛇身，在牠咧開合不起來的口中，還有一條蒼白的斷臂。

我猜那是老吳。

夜啼

打從寶寶出生那一夜起，每到晚上就哭個不停。

坐月子完畢後，再也沒人幫我看寶寶，照顧孩子的責任整個壓到我身上。寶寶一直哭，我無法做家事、無法洗澡、無法入睡，老公又刻意避開責任，令我孤立無援。

所以每到日落，我就如臨大敵，忍不住精神緊張起來。

「為什麼你讓寶寶整晚哭？」一天晚上，老公終於發脾氣了，「我下班回來這麼累，還要聽他吵死人，一直哭一直哭，煩都煩死了！」

我讓寶寶整晚哭？這男人是什麼意思？當下我也火冒三丈：「有本事你叫他別哭！當初是誰說要孩子的？」

我們互相嘶喊，寶寶哭得更兇了。

我真擔心，這樣子哭下去，寶寶會不會死掉？

我抱他、搖他、哄他、餵他，都不能阻止他哭泣，他哭得陣陣抽搐，哭餓了才喝奶，喝完又哭，直到累壞了才入睡，正當我以為情勢穩定了，匆忙去洗個澡，又聽他在哭了。

「我警告你，」我對老公說，「我快得產後憂鬱症了，我快崩潰了，要是哪一天你下班回來看見什麼慘劇，可千萬不要意外。」

老公嚇壞了，忙打電話叫他住在鄉下的媽媽來幫忙。

家婆從鄉下趕來，說：「有些孩子是百日哭，哭個一百天就沒事了。」

「要是到一百天，我恐怕已經不行了。」

我慘白憔悴的臉色和極度消沉的語氣嚇壞了家婆，她好心地說：「今晚我來陪孫子睡，你就好好睡一覺吧。」

這一晚，寶寶居然是出生以來睡得最香甜的一晚。

我又嫉妒又高興，老公得意地說：「還是我媽有辦法。」我不喜歡他這麼說，但是真的，寶寶一跟我睡，又是整晚哭個不停，只要家婆一衝進來，就不哭了。

無奈之下，我只好央求家婆留下來同住。

「不行，」家婆說，「我心裡還掛著家裡的菜圃呢，最近偷菜賊很多。」

想到未來的黑暗日子，我忍不住抽噎起來。

「不要緊，」家婆拍拍我的肩，「今晚你再陪寶寶睡好了。」

我萬念俱灰，抱著低泣的寶寶，這兩個月來，他已經哭得沙啞了，不過一抱進寢室，他又呼天搶地地痛哭起來，那尖銳的哭聲，快要將我最後一點理智掏掉了。

這時候，家婆忽然開門進來。

她一臉兇悍，潑聲罵道：「死鬼！你要害死我的乖孫是嗎？還不快滾？」

我嚇了一跳，轉頭望去家婆怒罵的方向。

有個老男人彎腰低頭站在牆角，一臉懼怕。

「你再來？再來一次！我以後下去就不去陪你了！」家婆更潑辣了。

老男人消失了，剎那間，我才發現寢室的溫度逐漸暖和，原來之前是那麼冷嗎？

家婆臉色緩和下來，對我笑道：「沒什麼啦，是我那死鬼老公，你嫁來之前就過世了，還一直說遺憾沒看到孫子呢。」家婆拍拍我的肩出去了。

那一夜之後，寶寶都睡得很安穩。

拉肚子

自從午餐之後，我就不停的拉肚子。

我的屁股紅了一圈，大腿被馬桶壓得發麻，我望望鏡中的我，面色蒼白，把我一個一百五十公分高的壯漢拉得虛脫無力，拉得出來的只剩下水，肚子卻仍然抽搐個不停，幾乎連腸子都快被拉出來了。

「你們的伙食真的有夠差的！剛才的湯是不是昨天的餿水？」我用虛弱的聲音罵道，門外的人卻充耳不聞。

那就怪了，平日我只要有少許抱怨，都會被他一頓臭罵，今天他怎麼對我這麼好？

我再試試：「一定是廚子不衛生，他煮東西的手剛挖過屁股吧！」

他仍然出奇的安靜。

房裡臭氣熏天，連我自己都受不了，我真擔心他會進來把我毒打一餐，可是他照樣沒反應。

不僅如此，他還開始跟我聊天。

「平常很少吃肉吧？你有多久沒吃了？」

我保持警戒，等了一會才回答：「我早就改吃素了。」

「哦，原來如此，」他恍然道，可是他的語氣假假的，斯文一點也不像平常的凶神惡煞，「那麼，你今天想不想吃一點呢？」

「為什麼？」我的背脊溜過一股寒涼，直覺告訴我十分的不妥。

「因為，」他遲疑了一下，「你以後真的再也吃不到了。」

我整個人頓時崩潰，原本就已經沒多少力氣的我，此刻癱瘓在馬桶上，屁股滑出了馬桶，坐到地面，還砵砵地噴著氣。

「你看你！」他馬上抓狂，拿鑰匙打開鐵柵門，衝向我，一邊罵一邊把我扶回馬桶上，然後詳細查看地面，「豈有此理！還好沒弄髒地面！不然叫你死得慢一點！」

我不發一語，因為我的心完全被恐懼包圍了，我要死了！我要被吊死了！今天是我生命的最後一天了！我知道這一天終會來到，畢竟我是一名死囚，但時候到了，我還是不能接受。

他用力敲了一下我的後腦勺：「你吊死之前可不要給我找麻煩！地面要保持乾淨！不准有任何一點屎尿！」

為什麼一直在說地面清潔、地面乾淨？我在恍惚中猜到，這是典獄長的主意，他有潔癖，大家都知道。

忽然間，我明白了：「只有我會拉肚子！你們餵我吃瀉藥！」

他好像被人逮到般，退縮了一下，勉強的笑說：「你想多了吧？」

「因為吊死的人都會大小便失禁，弄得一地都是，所以你們要我先拉光了，到時就不必清理了！」

「你多心了啦！」他企圖用氣勢壓過我，「那我們這麼好心給你吃肉幹嘛？」

「因為，」我說，「我吃下去的還沒抵達大腸，你們就會把我給吊死了。」

他不爽的凝視了我很久，才冷冷的說：「不愧是當過醫生的，讀這麼多書，誰叫你殺了人？」他轉身出去，重重的關上鐵門，再問了一次：「你想吃什麼肉？」

我不理他，兀自哽咽起來。

氣味

她從小就對氣味十分敏感。

當她剛學會在地上爬的時候，總會在爸爸下班回家時爬得遠遠去躲起來，因為爸爸會脫下穿了一整天的襪子。

當她剛學會站立走路的時候，老是嗅到隔壁的大哥哥褲襠飄出一股壞雞蛋的臭味。（她要一直到十七歲跟男友慶祝生日那天晚上被強壓在卡拉ＯＫ包廂的沙發上時才知道那是什麼氣味。）

她漸漸長大，記憶中加入了越來越多的氣味。地表有灰塵味、死蟲腐臭味，還有她的尿騷味。

她越長越高時，開始依序接觸到車煙味、炒菜的油煙味、香煙味，然後，書本的紙張味、削鉛筆的木屑味、校服的洗衣粉味也逐一加入了她的生活。

某一天，當她聞到混雜了布料、木頭、塑膠以及人肉在高熱下冒出的濃濃黑煙時，她住了十五年的家被燒燬了，將她爸爸燒成焦黑，將她媽媽逼瘋，也將她考上高中名校的夢想燒成粉末。

於是她成了親戚間不受歡迎的人物，在各個與她有血緣的家庭之間如傳球般來來去去，沒人願意負擔學費，她只好輟學打工，完全遠離書本、體育、課外活動還有同學，跳入酸臭的社會大染缸，然後一直到成年為止，她已經墮過三次胎。

胎兒離開她身體時的氣味，成了她惡夢中最常聞到的記憶，羊水摻和著胎兒碎塊的那種血腥味，總在每次如廁時侵入她的回憶。

二十歲生日那天，她萬念俱灰，甚至可以嗅到孤單的氣味像餘燼般自腦海直接流入嗅神經，因為她連想買一小塊蛋糕慶祝的錢也沒有，她住的地方前幾天剛被另一個女人侵占了，代替她呼吸那間出租套房內，來自她死嬰的父親的內褲上的那陣酸臭味。

此時，她聞到自己的體表開始發出腐敗味，當她細究來源時，發覺腐味深自內心，是她已粉碎的心正在加速潰爛。

於是她回到前男友的公寓，走上長年不見陽光的樓梯，那裡彌漫著經年不散的霉味，還有悠久的尿味。她登上頂樓，沿著樓緣尋找前男友的窗口方向，她打算從死嬰父親住處的正上方跳下去，讓自己的血肉粉碎在他的窗戶下方，讓自己的血腥味滲透入他每天必須踏過的水泥地板，讓自己永遠在他的惡夢裡徘徊。

她選好位置，閉上雙眼，呼吸這世間最後的氣味。

停滯在高空的光化學煙霧，混雜了車輛排放的嗆鼻酸辛味、排氣口冒出的悶熱金屬味，還有抽油煙機帶出來的油煙，夾雜了雞蛋炒熟了的香氣。

好懷念的味道，她感到心頭湧上一股暖意，想起小時候，每當她食慾不振，媽媽都會煎個荷包蛋或炒個蛋給她吃，她總是很珍惜那盤蛋，一點一點的吃，總要在吃光了米飯後才吃掉最後一口蛋。

淚水的鹹味從唇緣流到了舌蕾上，好久沒見到媽媽了，不知媽媽還在花蓮的精神科住院嗎？

她嚥下淚水，往樓梯走去，心裡想起剛才經過快餐店時的炸雞好香，玻璃門上好像貼著晚班還缺人的布告。

休息站

老吳把卡車停在休息站的便利商店前方，下車去櫃台點了一杯黑咖啡，夾了兩個茶葉蛋，坐去玻璃牆前的桌椅，一邊慢慢吃蛋，一邊觀看漆黑的外面。

此刻凌晨三點，萬籟俱寂，空氣潮濕，清冷透骨，老吳望著他停泊在休息站外的卡車，卡車後堆疊了一籠籠的雞隻，這樣子一車少說也有三千隻雞，理應非常吵鬧，卻在夜風下安靜非常，像是接受了自己無法改變的命運。

其實老吳知道，雞跟其他鳥類一樣，在黑暗中是很安靜的，所以他們才會在夜間抓雞、運雞，雞隻安靜，才能減少運送的困難，也比較不容易因騷動而受傷，影響品質。

老吳吃完第一顆茶葉蛋時，高速公路上閃過一道強烈的高燈，有另一部卡車拐了個彎，也轉進休息站來了。老吳瞥了一眼手錶，微笑著看著那部卡車停靠在他的卡車旁邊，嗯，今天也沒遲到。

另一部卡車的司機老張走下車，朝玻璃後方的老吳揚了揚手，打了個招呼，推開便利商店的門，一陣聒噪的聲音霎時衝了進來，很快又被合上的玻璃門驅趕出去了。

老張用便利商店的熱水機，拿一個杯子泡了兩個茶袋，也買了兩顆茶葉蛋，吃下去比較飽實，足以應付待會的長途駕駛。他坐到老吳身邊，兩人一言不發的盯住卡車，等待著。

不久，當兩人都差不多喝完飲料時，老張的卡車有了微微的震動，一個人頭忽然伸出卡車後方的大籠子，朝老吳的卡車咆哮。

「呵，來了。」老吳說著，一口吞完咖啡，老張也如是，兩人一起站起來，一起步出門口。

外頭異常的吵鬧，老張的卡車背後疊了三層厚重的大籠子，好幾個人頭爭先恐後地伸出來，朝著老吳卡車後面的雞籠喊叫，或怒吼，或哀啼，或驚喊，場面一片混亂。老吳卡車後頭的雞隻也漸漸有了騷動，夜盲的雞隻們紛紛睜開了眼，在便利商店透出來的桃白光線下不安地扭動脖子。

突然雞隻們也醒覺了，有的竟也將脖子伸出籠外，一伸出籠子，竟瞬間化成了人頭，朝著對面的卡車驚叫：「老公！你怎麼被關在籠子裡？」「兒子呀！為什麼這個下場啊？」「都是你不好，都是你不好！」各種指責聲、哀哭聲、恐懼的嚎叫此起彼落，亂成一團。兩部卡車都因為騷動而搖晃，把郊外安靜的休息站吵得震天價響，連便利商店的店員都忍不住探頭關切。

「該上路了。」老張說了，老吳也同意點頭。兩人各自取出一袋米，對著各自的卡車在空中劃手勢、比手印，口中呢喃著各自宗派的咒文，然後從袋中抓把米，撒向卡車後方的籠子。

這一撒，老張卡車後方的人頭不見了，回復了一張張長鼻子、啾啾呼氣的大豬臉孔，牠們剎那自傷痛中回神，懵懂地又回復了豬的身分。牠們在籠中想要轉身，無奈籠子太窄，只得認命地低頭噴氣。

老吳呢喃道：「前世情緣已了，今日有相認的，莫再追憶；今世得畜生身，苦難將盡，前債將還。提醒各位，今日一別，他生恐難再見，勸你們把握良機，速速道別。」他一邊說話，一邊把米粒向右撒向自己那部卡車的雞隻，也向左撒向老張卡車的豬隻。

兩人將兩部卡車都繞過一圈之後，兩車的畜生都安靜下來了，只剩偶爾的低聲窸窣，像在低泣的聲音。

上車了，老張向老吳說：「代我向令師父問好。」

「彼此彼此。」老吳回說，「改日沒上工的時候，咱們來交流一下。」

兩部卡車啟動，開離休息站，一台往南一台往北，朝不同的屠宰場駛去。

神仙

如今我終於能深深的體會到這首詩。

不知誰人寫的：「我聞神仙亦有死，但我與子不見耳。」

我蹣跚地走在大街上，抬眼望去，全是食館招牌，有標榜異地美食的，有標榜上菜迅速的快餐，在我眼中看來，全是些用厚重調味料掩蓋屍臭的腐肉。

很簡單，任何生命，只要一斷氣，就會開始腐敗。

這種東西我是絕對不碰的，連嗅也不想嗅。自從好久好久以前我這麼決定以後，我已經不碰它們有許多時了。

因為師父告訴我，你吃了什麼，它都會化為你的一部分，因此，我豈能要動物死亡時的怨毒累積在我體內呢？

於是，我漸漸不食酒肉，只吃五穀和蔬果。

可是，這仍非最終目標。

蔬果性涼，久食體虛；五穀地氣重，久食體重；此皆非長生不死之道，逐步走向辟穀斷食，才是最上妙法。

我最終的食物，乃天地之氣。

這目標不易達成，不，是很難，非常難，但不是不可能，因為我見過成功的人，我師父。

餐風飲露。

天地之氣自然長存於天地，何時何地不可取食？

修行數十年後，我已自忘年歲，只知皇帝換了一個又一個，而我深居山中，不問世事，帝力於我何有焉？

我偶爾下山度化有緣人，或漫遊於市井鄉間，救災滅苦。某次路經某村，才驚覺回到了故里，詢問之下，親朋皆已亡故，無人相識，縱有親人，也是第三、四代。我頓感滄海桑田，求道之心更為堅定，絕不轉移。

然而，師父卻憂心忡忡，愁眉深鎖。

我問何故？師父說：「世局有變，且為千古未有之大變，天地眾仙，恐有劫難。」

果然，雲中開始出現異物，它們飛行疾速，破雲裂霧，冷面無情，總在不經意間呼嘯而過，不少飛仙都命喪在它們之下。

我是地仙，雖不能騰雲駕霧，也漸失棲所。山林被開闢，大路深入高山，遊人滿布山中，四處扔棄廢物，我輩已無處可容身。

師父與我說：「此地已非仙居之處，余下山另尋佳境，你也早做打算才是。」

山下建了許多怪屋，高高的煙囪全日放出濃煙，烏氣吹遍山間，我大口一吸，登時頭昏眼花，眼看是不能餐風了，可是連葉面上的露水也有異味！

我於焉下山，發覺情況更糟！

空氣是酸的，許多人坐在放煙的鐵箱中移動，這在我出生的時代根本是匪夷所思！果然是千古未有之大變！我覺得我只剩一條路好走，若再不食凡間物，便只有窒息一途了！

嗚呼！數百年清修，莫非要落得如此不堪下場？

我盯住食館的琉璃窗，內頭吊了一具具燒黑或燒紅的禽屍，墮落啊！那凡間屍香竟惹得我唾液橫流，令我當年雄心蕩然無存！

我正躊躇、掙扎間，一名肥胖男人，手執剁肉刀，厲聲喝道：「窮鬼！別擋在那邊壞我店門口風水！」

我踉蹌走避，數百年未流過的老淚沾濕衣襟。

草地

我站在草地上，呼吸著短草散發出來的微香。

微風輕拂過我的臉頰，我伸手一抓，握住了正巧飄過的蒲公英種子。

這一切如此美好，一如我小時候度過暑假的鄉間，我總在寒冷的清晨興奮的起床，為的是跟表弟穿過沾滿露水的草地，越過木橋和樹叢，到布滿鵝卵石的河邊去垂釣，運氣好的話，還可以釣到鱒魚為晚餐加菜。

但這種美景很快就消失了。

上游的工廠排放出有毒的溶劑，幾乎殲滅了所有的魚兒。

剛開始還不知就裡的舅舅一家人，在吃了幾次毒魚之後病倒入院，藥石罔效，最後造成終生殘缺。表弟的手腳無法控制，大部分時間都得坐在輪椅上。

雖然如此，我並無法去恨那家上游工廠，因為我能體諒他們的處境。

事實上，那時候距離全球性的劇變也沒幾年了，跟隨後發生的極地浮冰完全消失、菲律賓和日本半數國土淹沒、全球耕地沙漠化等等相比，我表弟的不幸只像交響曲中不顯眼的小間奏。

我們瘋狂地開採僅存的礦產，用劇毒溶解稀有的金屬，充作電腦元件的原料；我們砍伐僅剩的樹木，最後連小樹也不放過，為人類文明注入最後的毒針。

我無法責怪毒害表弟的工廠，因為我至終也成了他們的一員。

唉，追思了這麼多醜陋的回憶，我忍不住用力的呼吸幾口甜美的空氣，這麼清淨的空氣得來不易，我仰首望向蔚藍的天空，這片天空也不易得來呀。

忽然，我望見草地邊緣有一個黑影在蠕動，我警覺的按下腕錶上的緊急按鈕，立刻傳來警衛的聲音：「先生？」

「有人闖入，」我冷冷的說，「你的飯碗有麻煩了。」

緊接著，五名穿著防護衣、揹著一小瓶廉價「美好牌呼吸用壓縮空氣」的警衛現身，逮住了那位闖入者，我上前去看，是一位未滿十歲的小男孩，他緊張的急促呼吸著，我越看越惱火：「還不快將他帶出去？他正在呼吸我的空氣！」他們還真不懂事！

小男孩被帶走後，我的律師經由內部網路通訊聯絡上我了：「先生，你想怎麼對付那孩子？」

「查看他逗留的時間，呼吸了多少單位的空氣，要他父母付錢，如果付不起，」我知道，他們一定付不起，「查出男孩的人口登記碼，要他簽下合約才准離開，他必須在進入工作適齡後為我工作，直到還清賠償為止。」

中止通訊後，我仍因氣憤而喘息不已，這當然了！誰能忍受這種事情？這是我的空氣！我的草地！我的天空！我的小河！我的鵝卵石！還有我投資基因工程生物重組研究而生產的真正鱒魚！

當今世界，我是最有錢的首富，這是我以鉅資蓋建的巨型玻璃天幕，以最新過濾技術生產的純淨空氣，而且還帶有河岸特有的水氣和濕泥味，還有以天氣控制系統創造的夏日藍天，全世界除了我以外都是窮人！

那男孩能呼吸上幾口我的空氣，還真是他的造化！不過我可沒這麼大方，他必須付費。

我躺在草地上稍稍休息了一陣，才通知司機到出口等我，我巡視業務的時間到了。

我在門口內側穿上防護衣，揹上我個人獨有的「夏日海邊濃縮空氣」，才依依不捨的離去。

脫髮

我先說清楚，我很愛乾淨，但絕對不是潔癖，小玲的頭髮實在是掉得太厲害了，我每天掃了宿舍的地面，第二天又是一堆掉髮，不蓋你，連深色地磚都能看得清楚那一地掉髮，我無法坐視不理。

那天我將掃了一箕斗的掉髮給小玲看，證據確鑿，那麼長的頭髮，這間宿舍四個女生，只有她有。

小玲沒有否認，她拉拉自己的頭髮：「你看，又一把了。」五指間抓了十多根頭髮，「你看，我這樣一抓，」她再往頭上拉了一下，「又掉一堆了。」

我不禁蹙了蹙眉：「你的髮根太脆弱了。」

「我已經換過很多種洗髮精了，什麼維生素B原、強健髮根、人參精華、生薑、蘆薈、ABC、胺基酸配方的，電視廣告上有的，我全都試過一瓶了。」

「可能你的頭髮太長，營養不足。」

小玲無力地點點頭：「我試試看……」

我覺得小玲很沒精神，她剛搬進宿舍時不是這樣的。當時她充滿了攻擊性，態度強勢，像要把每一個人都打倒，而她果然也得到全系第一名、書卷獎、全校傑出新生等等。

小玲開始轉變，就從她的脫髮變嚴重時開始。

在那之後，她一直沒回到過第一名，掉髮也越來越嚴重，我不知道這兩件事之間有沒有關係，也不知道是掉髮先發生呢，還是成績先變差的。

過了幾天，小玲剪了短髮，我覺得她清爽多了。

但她卻似乎很不滿意，我看她一邊唸書一邊嘆息，時而發出懊惱的低吟，她走來我桌旁，用可怕的臉孔挨近我：「偷偷告訴你哦……」

「什麼？」

「我大概快瘋了，」她說，「我連高中程度的數學都看不懂了……我不懂為什麼呢……？明天考微積分怎麼辦？」

我看她臉色發白，皮膚冰冷得冒出寒氣。

「你要不要去看醫生？」我一面擔心她，一面擔心她會打擾到我複習，明天我也有考試呢，而且考不過有可能會被活生生當掉的。

小玲沮喪地搖搖頭，回到她的桌旁，從抽屜拿了一把剪刀，離開房間。

過不久她回來時，頭髮已經剪得亂七八糟，好好的一頭秀髮弄得像老舊的地毯一般。

「你怎麼啦？」我大吃一驚。

「我想把頭髮剪光光啦，」小玲哭著說，「可是它們不停在長出來。」

她沒開玩笑，我的確眼睜睜看著頭髮在生長，它們從小玲光禿禿的頭皮爬出來，像幼小的蔓藤般蠕動，像雨後的雜草般茂盛，越冒越長，然後一根根脫離毛孔，逃到地板上。

我目瞪口呆地看著地板，不久前才掃乾淨的地面，如今又蓋了一層掉髮。

「小玲，」我發著抖告訴她，「我看你應該馬上去掛急診。」或者，我想，去找人驅妖。

小玲用手去拉扯頭髮，口中喃喃說：「我不要它們了，你們走，你們走……」

她用力一拉，短短的頭髮竟被拉長了！她將大把的頭髮從頭皮裡抽出，髮根還沾著黏液，從毛孔中徐徐泌出。

小玲兩眼一翻，睡倒在地，無法控制自己的抽搐，口中流出白沫，兩手還緊拉頭髮。

救護車將她載走後，我拿了掃把清理地上，看見掉髮的髮根有黏液包著，便拿了湊到鼻子前，嗅起來鹹鹹的，有蛋白和血腥的混合氣味。

我懷疑我知道那是什麼。

我將一大坨頭髮扔去宿舍曬衣間的垃圾桶，聽見它們在垃圾袋中蠢蠢蠕動，發出細微的沙沙聲，似乎在尋找它們渴求的養分。

我回房歇斯底里的擦洗地板，不希望留下任何一根小玲的頭髮。

電視

「咦，電視又忘了關啦？」他一進門，就這麼說。

他回頭合上門，登登登走向電視，毫不猶豫的關上它，還把插頭拔掉，口中還嘟囔道：「好險，沒發生火災。」

我還在看呢！

他今天怎麼比較早回來？

他把錢包、手機和鑰匙從褲袋裡拿出來，一如平常擺在電視旁邊，然後直步入浴室沖個熱水澡。

一如平日，他將會洗上十五分鐘。

我得爭取時間！

我費了很多力氣，終於將插頭塞回插座，在打開電視的同時，趕緊將音量調到最低，反正，還有字幕。

我緊張地望了一下壁鐘，八點四十分，不行，會來不及的，十五分鐘後他會出來關掉電視，我就看不到最後五分鐘最重要的部分了。

我一面注意劇情，一面去搬椅子，打算卡住浴室門把，讓他一時打不開門。

但是，椅子對我而言太重了，不是隨便抬得起來的，我想拖動椅子，但椅子才傾斜了一些，我就支撐不住了，如果椅子翻倒，發出巨大聲響，他一定會衝出來，然後更早關掉電視。

電視的劇情進入高潮了！

啊，不行，太刺激了，那兩個失散多年的親兄弟終於碰面了！他們完全不知道兩人的血緣關係，兩人都持槍指向對方，劍拔弩張。

我完全忘了椅子的事，全神貫注在螢幕上。

八點五十分。

他們的親生母親呢？怎麼還不現身解圍？

卡嚓！

啊！門把在轉！他洗完澡了嗎？怎麼比平常早？

我想去搬椅子，但太遲了，他光著濕淋淋的身子走出來，縮著身體，用腳尖快步走向寢室，啊，他一定又是忘了拿毛巾了，他老是這樣！

「咦？」他停下腳步了。

不要！

電視中，哥哥說：「你放下槍，跟我去自首吧，回頭是岸呀！」弟弟緊繃著臉，眼角泛現淚光：「不行，除非我死，否則老大也不會放過我的！」

他不顧緊張萬分的劇情，不顧濕濕的身體，轉身走向電視：「為什麼又開了？」還伸出濕濕的手想去關電視！

「不可以！不可以！」我大喊。

他一時愣住了，轉頭四顧，才蹙了一下眉頭，又把手伸向電視。

「不要關！我說不要關！」

他嚇了一大跳，臉色瞬間慘白，他小聲的試探道：「淑……淑芳？」

「不要關！」我盡力大叫。

「是淑芳嗎？」他轉頭到處找我，「是淑芳嗎？你，你不是死了嗎？」

「今天是大結局！沒看完我不走！」

「什麼？」他錯愕道，「劉牧師還說你已經上天堂了。」

「閉嘴！快去拿毛巾！快著涼了！」

他又愣了一下，才跑向寢室。

電視中，親生母親出現了！她聲嘶力竭的喊道：「你們是親兄弟呀！」就是這句，大家期待的就是這一句！

九點正，他穿好了衣服從寢室出來，疑神疑鬼地呆望客廳，臉色依然慘白：「……淑芳？」

電視正在跑著演員表，結局了，一切都圓滿結局了。
再見了，我的老公，我該去找天堂的路了。
正當我最後一次瀏覽這間溫馨的小公寓，準備要離開時，電視開始
播放明日的八點檔預告片。
可憐的小媳婦受盡欺侮，終於展開大反撲，搞得全家雞飛狗跳！
哦！這精采！
我止住腳步，好掙扎。

漂流

船難發生得毫無預警，太過忽然。

我坐在海釣船的側邊，在還算平靜的波浪起伏中等待魚兒上鉤，我已經這樣子等了一個晚上，現在海平面上吐出了奶黃色的光芒，天快亮了，正是最嗜睡的時刻。

我開始收線，打算加入其他釣客的行列——睡覺去。

接下來的一聲巨響，我感到有鋒利的東西從身體掠過，我就暈了過去。

當我再度睜眼時，我已漂浮在海面上。

海面浮了許多木板碎片，還有一攤油污，同船的釣客一個也不見，想必是通通沉下船去，成了昨晚想釣的魚兒的點心了。

我隨著波浪起伏，被海水推過來推過去，或隨著小漩渦迴轉，一點自主能力也沒有。

轉眼四望，根本沒有陸地的影子，也沒有其他船隻的痕跡，我滿腦子徬徨，完全無法想像未來。

我閉起雙眼，免得被烈日曬乾眼球，在我口腔中泡了一口海水，含著海水獨有的腥臭，頭髮又濕又重地貼在頭皮上，在日曬下漸漸結成一顆顆的鹽結晶。

漸漸地，我接受了這一切。

黑夜來臨時，我望著滿天的星塵，這是以前很少見到的，事實上，住在被水泥包圍的地方，壓根兒沒想過抬頭去望天空，現在我終於感受到星空之壯麗。

我盯著星星，果然見到星星在環繞著一個中心，逐點逐點的移動，繞動得很慢很慢，要花上一整個黑夜來觀測。

其實我如果不望星空也沒事可幹，漂在海上沒電視、沒書報、沒遊戲，也沒個聊天對象，回想昨天，我還在趕客戶的案子，趕在休假出門海釣前，安頓好辦公室的工作，而今竟如夢一場，辦公室的一切彷彿光年以外的事情。

就這樣，我在海上漂流了很久，日出日落，久得我不記得究竟有多久了。

我已經習慣這樣子，根本沒再想過回到陸地。

然而，一艘漁船還是出現了，我企圖躲避，但我無法自主，當漁夫撒下網時，我無助地被網住了，他們將網拉上去時，我被包進一大堆魚兒和海帶之中，根本逃不了。

「哎呀！」漁夫一聲尖叫，他們找到我了，「一顆人頭！」

是的，沒錯，快把我丟回海中去吧！

「得聯絡岸上，要報警！」

拜託，不要。

現在，我好不容易才不用為房屋貸款和水電費發愁，我成了不需繳交所得稅的生物，我不想回去陸上，也不想待在甲板被太陽曬乾，我必須回到海中。

我試圖滾動自己，但我的頸部肌肉已經在船難中被利物割斷，所以我無法移動，只能聽天由命。

幸運的，風浪很大，船隻傾斜，將我滾到船緣，掉回海中。

我被波浪帶得遠遠的，遠離那艘漁船。

我快樂地咧開大口，讓海水滋養我。

畢竟生物是來自海中的不是嗎？

算命

當驗孕棒顯示陽性反應時，她整個身體冷了半截。

她第一個念頭是不想要這個孩子。

因為她還未婚，孩子未來的社會身分將被列入B級。

因為撫養一個孩子的費用太高了，尤其她單身，自顧不暇，更別說要養孩子了。

但是，墮胎必須要負刑責，坐牢一個月（比照坐月子）或罰款月收入兩倍或兩者兼俱（她很納悶孩子的經手人為何不必負刑責）。

她回想，那晚地下水道的秘密舞會，她服用了兩種快樂丸，狂歡醒來後覺得下體怪怪的，她不記得（但猜得出）發生了什麼事，更別說知道是誰侵犯過她，說不定連搞她的人都不記得曾經搞過誰。

她必須深思，孩子該不該留下來。
在尋求黑市流產之前，她必須先去算個命。當然，也是黑市。
黑市分析師先小心地從她腹部抽取羊水，放到ＤＮＡ分析機去，然後在螢幕上讀取數據：「是個男的，基因還不錯，有二級致癌基因、阿茲海默基因，成年以前有２３％機會有中度近視，糖尿病機率於平均值內，智商標準、體重偏高、身高標準……簡而言之，在目前社會生存條件下，跟一般人沒什麼大差別。你要看孩子的臉嗎？我們可以模擬。」
「不要。」她擔心看了之後會意識到他是個生命，影響她的決定。
「你要複製這份資料嗎？」
她拿了胎兒的ＤＮＡ電子檔，去尋找朋友介紹的黑市算命師，人稱「鐵版」什麼的，據說他不像剛才的分析師那麼專業，不過卻是超靈驗的。
算命師先瀏覽一遍ＤＮＡ電子檔，又讓電腦跑了幾項沒人看得懂的運算，意味深長的問道：「你想問什麼呢？是孩子的未來，還是你的未來？」

「孩子的未來決定了我的未來。」

「你打算墮胎？」

「還在考慮。」

算命師點點頭，表示可以瞭解：「我很中立，可以提供建議，但你留或不留的條件是什麼？」

她相信算命師的專業，相信他的中立，也相信他不會誤導她：「我要知道他將來會不會是個有用的人，會不會是個大人物，但是如果他是個會害人的大人物，我也不要，我看過太多大人物只消一兩句話就弄死一票人、弄垮一堆家庭的。」

算命師認同道：「你的想法很理性，也很有趣。」

「因為我常在想，如果希特勒小時候發高燒而死去，這個世界會變得怎麼樣？」

「好，」算命師拿出一枚圖釘和一張試紙，指指她的大拇指，「你介意我也拿你的一併分析嗎？不另收費。」

她猶豫了不過一下，便同意被取走指尖的一滴血，經過算命師非法擁有的DNA分析機，列出她生命的藍圖。

「合併分析的結果，你命中帶二子。」

她吃了一驚，一個就夠麻煩了，還兩個？

「即使這個孩子沒了，你將來也會順利嫁人、懷孕，生下一個擁有A級身分的兒子，然後，你的兒子會當上大人物，很大的人物，你會一生富足無憂，但是他會引發大戰，很多人因此而死，然後統一全洲，讓世界維持長久的和平。」

她不知所措，完全不知該怎麼辦：「如果我不放棄這孩子呢？」

「沒事，你會再嫁個普通人，普普通通過完一生，」算命師指指她的肚子，「他也是，不過如果他出生的話，會挺長壽的，會活到八十九歲。」

她陷入更深的沉思中，久久無法言語。

她有點後悔來算命了。

鑰匙

中午，我到樓下對面的小店去買米苔目和黑白切來果腹時，小店的另一半是被幾片防水布蓋著的。

到了傍晚，當米苔目攤位推入店的一角，另一個鹽酥雞的攤位推出來時，小店另一半的塑膠布終於掀開來，露出一排陳舊的玻璃櫃，擺滿了螺絲起子、榔頭、釘子、膠帶等等，還有櫃台後方牆上掛著的一塊板，上面掛滿了分類整齊的鑰匙。

我一直很納悶，為什麼鑰匙店要在晚上營業？

大概因為大多數人在晚上回家時才發覺忘了帶鑰匙吧？

後來有一晚，我趕報告趕得很晚，直到凌晨兩點鐘，我覺得肚子餓極了，便到樓下便利商店去買點吃的。經過鑰匙店時，看見在昏黃燈光下，老闆坐在櫃台後方搖腳哈菸，收音機傳出噪聒的雜聲，吟唱著歌詞不清的老歌。

我當下疑心：他到底工作到多晚？凌晨會有什麼客人嗎？

我從便利商店拿著一杯關東煮，準備打道回府時，忍不住偷覷老闆在幹什麼？只見他正忙著磨鑰匙，櫃台前站了一位形跡可疑的男子，他將臉朝向店內，避開所有可能的目光，更可疑的是，明明是大旱天，那男子的衣服竟滴著水。

一定是小偷！我忍不住這麼想，便加快腳步，免得招惹上黑道。

回到樓上租來的雅房時，有一位赤膊男子站在客廳裡，神色慌張，我認出他好像是我隔壁雅房的住客。

那間房比較貴，比我的大一倍，常常會有女孩的浪叫聲伴隨著床腳嘰嘰聲，透過薄薄的木板隔間傳過來。如果我的耳朵還不算差，我敢說幾乎每次的浪叫聲都發自不同的嘴巴。

我正要經過那房客身邊去開房門時，他一把抓住我，小聲說：「有個女人死在裡面了！」

剎那間，我整個人涼透了骨髓，許許多多的猜測飛越過腦際：他殺了人！萬一我被滅口怎麼辦？

我一面盯著他精壯赤裸的上身，一面小心地問道：「那你要我怎麼做？」

「我……剛才一慌，房門反鎖了，沒帶鑰匙出來……」他唇色蒼白，不知是因為夜晚天涼沒穿上衣，還是因為太緊張了。

「樓下有鑰匙匠，」我靈機一動，說，「我幫你叫他來，你先打電話叫救護車。」他聽了不停點頭，我趕緊奔下樓去找鑰匙匠。

鑰匙匠見我氣喘吁吁，懶洋洋的問：「你要開的是你自己的房間嗎？」

「當然！」我有點火大，又有點心虛，火大是因為我疑心會做壞事的人竟懷疑我想做壞事，心虛是因為那間真的不是我的房間。

他聳聳肩，拎起地上的工具袋：「走吧。」揚手要我帶路，便踏出他的小店。

「你不拉上店門嗎？」

他揚了揚眉頭，腳步一點也沒停下：「放心吧。」

他尾隨我過馬路，搭電梯上我租的單位，這單位被分割成五間雅房，有一個大廳、一個廚房和兩個浴室，我還生怕鑰匙匠開鎖時，會驚動到其他房客。

我那位鄰居依舊赤膊，六神無主地坐在地上，我搖搖他：「叫了救護車沒？」

他搖頭：「手機在房間裡面。」

鑰匙匠皺起眉頭，更加疑心了：「這裡發生了什麼事？歹事我可不幹。」天知道他說的是不是真的。

「他的女朋友死了，」我說，「他大概太緊張，反鎖了房門。」

鑰匙匠覷了我一眼，令我心虛了一下，因為謊話終於被揭穿了。

他半跪著身子去探視鑰匙孔，然後打開工具袋，取出一支小小的鐵條，往鑰匙孔探一探，隨後又換一支試試。

我屏著息，數到他換到第三支時，他說：「行了。」接著取出一根平淡無奇的鑰匙，看起來完全不像適合插入那個鑰匙孔的樣子。那根鑰匙才剛插入，門鎖卡也沒卡一聲，就靜悄悄地打開了。

我深吸一口氣，連忙拉起坐在地上的鄰居：「快去，打電話！」我拉他進房，兩眼快速掃視，看見床上果然躺了個赤裸女體，她兩眼圓瞪，嘴角流出白沫。

房中一團糟，衣服、胸罩四處亂扔，還瀰漫著一股嘔吐物的惡臭。我注意到床頭櫃上擺了兩個杯子、一瓶烈酒，還有幾顆來歷不明的膠囊。

他們一定是嗑藥！怪不得我那位鄰居看起來懵懵懂懂的！聽說有些藥配酒喝會猝死的，那女的手腳怪異的扭曲著，想必生前經歷過非常興奮的癲癇，然後像電線走火一般，忽然間斷電了。

那位鄰居拿著好不容易找到的手機，遲疑著不敢按按鈕，一雙眼水汪汪地望著我：「我怎麼那麼倒楣？我甚至不知道她的名字。」

我不禁心想：「難道以前那些你知道名字嗎？」

有個人擠來我們兩人中間，是鑰匙匠，他目不轉睛的看著女子雪白的身軀，我一陣心煩，正想趕他出去，他卻忽然說：「如果她活過來怎麼辦？」

「不可能的，」鄰居說，「她的瞳孔都放大了……」

「我說，如果呢？」

我的鄰居發愣的瞪著鑰匙匠，說：「五千塊。」

「太便宜了。」鑰匙匠說。

「我的錢包就只有這些了，我……我這個月也只剩下這些了。」他果真拿出錢包，打開給鑰匙匠看。

「好吧。」鑰匙匠說。

「好吧什麼？」我忖道。

鑰匙匠打開工具袋，摸出一把金色鑰匙，跨過地上凌亂的東西走到床緣，一手伸向女子的酥胸……

「喂。」我正要出言阻止，他已經將鑰匙舉起，不知施了什麼魔法，鑰匙前端竟深深沒入女子胸口，他輕輕一轉，女子的身體竟微微彈了一下。

我吃了一驚，腳下頓時動彈不得，只見鑰匙匠將鑰匙抽出，又沒入女子前額，輕輕扭轉，女子的眼睛漸漸恢復了生命力，手指頭也微微有了動作。

「好了，快走。」說著，他抽出鑰匙，快速取走我那鄰居錢包裡所有的紙幣，我那鄰居目瞪口呆的望著女子，根本沒空理會鑰匙匠做了什麼事。

說時遲，那時快，鑰匙匠手中已握好一把透明鑰匙，瞬間插入我鄰居左邊的腦袋瓜，奮力一扭，我的鄰居馬上兩眼翻白，隨即又馬上滾了回來。

鑰匙匠一把推我出門，回頭快速關上門。

「你做了什麼？」我慌忙問道。

「沖馬桶。」他說，「他會忘掉今晚的一切，然後好好地睡上一覺。」

「怎麼可能？」我正要大叫，鑰匙匠迅雷不及掩耳地將透明鑰匙插入我的頭。

一點也不痛，真的，而且當他轉動鑰匙時，腦袋瓜真的像被沖馬桶一樣，彷彿一堆漿液如波濤般翻騰，然後腦際沖刷過一片乳白，我就陷入了昏迷。

當我醒過來時，天已經大亮。

我腦中閃過的第一個念頭是：「糟了！報告還沒趕完！」我打了個大噴嚏，才發覺自己在客廳地板睡了一夜，著涼了。

我聽見有房門打開，有一男一女的談話聲漸走漸近，嘿，是我那位鄰居，他瞄了我一眼，拉著女子快步走向大門，似乎不想讓我看見他身邊的女子。

他好像真的忘記了。

可是我沒忘。

一點也沒忘。

不知為什麼，馬桶沒沖掉……

總之，今後我盡量不在晚上經過鑰匙店門前，當然也不敢晚上去買鹽酥雞了。

即使是白天，當我經過被防水布鋪蓋的鑰匙店門前，也依然忍不住一陣寒顫。

「跳下來嘛，跳下來嘛……」
他們望著我，
溫柔地招手，滿臉笑意，
不厭其煩地一直在說：
「跳下來嘛，跳下來嘛……」

外面還是深夜，
蟲叫聲在安靜的夜裡分外響亮。
我在迷糊中被抱上車，
在車門關上前，
看見他拿著油燈，
陰森森地站在門外目送我，
沒有揮手，也沒說一句再見……

我抬頭，
看見滿天星還是一樣閃呀閃的。
不，不一樣！
星星真的在眨眼！
我害怕地看著滿天的眼睛，
他們全都瞪大了雙眼，
在監視這個世界……

聯誼

今晚他志在必得！

他的指尖在桌上的一整排香水中滑動，構思今晚應該呈現的氣味。

他十分擅用香水，這種人造費洛蒙是訊息，是增加異性對他飢渴的利器。

麥克是系上最迷人的男生，其他科系的女生會為了親近他而到系上當旁聽生，連同系的學姐都常來關心他。每天早上，他會花費許多心思打扮，從頭髮梳的方向到鈕扣的扣法，全都散發著性感的暗示，令最為矜持的女生都會按捺不住把眼光逗留在他身上，然後有一股上前搭訕的衝動。

然而，今晚的聯誼他志在必得！因為垂涎已久的友系正妹，在網路兼職小模的依芙，早讓他心癢了不知多少個夜晚，其他女生只不過是配角。所以，他的男方這裡也需要一些配角，才能保證他的成功。

麥克找了三個常常一起聯誼的男同學，他們都知道最正的女生不會有他們的份，但樂得撿其他的。但是三個不夠，還缺一個，因為對方有五個人。

他一眼就看上了偉雄，班上最不修邊幅就他了，衣服老是縐巴巴的，頭髮也只用五指隨便理一理，班上從來沒女生跟他有過一句以上的對話。像這種貨色，擺進聯誼可說絕無生還的可能。反正就當成日行一善，邀他參加聯誼吧。

「嘿，偉雄，」麥克搭上偉雄的肩膀，一副哥兒們的樣子，「今晚聯誼去不去？從來沒去過吧？有正妹哦。」

偉雄疑惑的看著他：「為什麼找我？」

「同學一場嘛，哪有為什麼？」

「可是我今晚在便利商店有排班。」

「去他的，換班啦，你不想交女朋友嗎？」麥克有些惱了，「我下一次未必會給你機會哦。」

當晚偉雄遲到了，外套下方顯然是便利商店制服。「對不起，我換班了，時間還是對不上，對不起對不起。」他不停向麥克道歉。

「別說了，坐吧。」麥克不耐煩地指了指座位，「自我介紹一下吧。」

五個女生一字排開，沒一個正眼望向偉雄，她們個個已經在盤算著待會最可能跟誰對上，而麥克的目標依芙，早就坐在他正對面了。

「對不起。」偉雄脫下外套，輕輕一撥，才將外套披在椅背。

一股濃膩的重酸味隨著外套傳來，麥克皺皺鼻子，嫌惡地說：「這什麼氣味？好重！」順便貶低偉雄，讓他更少機會。

「真的嗎？」偉雄臉紅了，「今天太趕，我來不及塗腋下除臭劑，我有狐臭的問題，剛才還趕路，流了不少汗。」他尷尬地解釋。

「你什麼名字？」一把清亮的聲音傳來，偉雄望過去，接觸到一對充滿渴望的眼神。

「要點什麼飲料？」另一位女生也搶著說話，「我這杯不錯哦。」

第三位女生更主動了，她用手扶著頭，嬌聲說：「哎喲，頭好暈……！你，你……」她指著偉雄，「扶我上洗手間好嗎？」

偉雄急忙走過去扶她，她忽然站不穩地靠上他肩膀，兩人蹣跚地上廁所。

其他女生看得牙癢癢的，一個說：「我去幫忙。」一個說：「我去看看她怎麼了？」一個個離席追了上去。

麥克和其他三人看得目瞪口呆，當依芙也一臉哀愁地站起來時，麥克忍不住拉住她的手：「到底是怎麼回事？」依芙咬了咬下唇，一把甩開麥克的手，小跑步走向廁所。

驚魂未定的麥克，望著一排空蕩蕩的女生座位，他身邊的一位同學用顫抖的手拿起偉雄披在椅背上的外套，忽然貼去鼻子，用力吸了幾口，一臉陶醉：「好性感的氣味……」

「怎麼你也……」

「我……一向以來疑心自己喜歡的其實是男生，」那位同學幽怨的說，「天啊我終於解脫了。」說著，他扔下偉雄的外套，也跑去廁所了。

良久，有人跑去查看，才證實他們全都從後門離開了。麥克這才醒悟，就在偉雄一撥外套的當兒，女生們的神情就忽然起了變化。

他至死也不明白的是，外套散發的是生物最原始的性吸引力——由汗腺分泌的費洛蒙——曾經促成了一代又一代人類的繁殖行為。

獅子的選擇

爸爸，我恨你。

我打從八歲開始恨你。

八歲那年，你說帶我去森林賞鳥，你給了我一把小刀，然後就失蹤了，讓我獨自在森林待了三天。我在森林中孤單無助，在黑夜中被各種動物的怪叫聲嚇得整夜發抖。我被迫舔飲清晨樹葉上的露水，飲用不乾淨的溪水，採食不知道有沒有毒的漿果。

三天後，你一臉若無其事的樣子現身，無視我折磨了多日盼望一點溫暖的幼小心靈，還不願意哪怕施捨也好地牽一牽我的手，要我緊追你快步離去的身影。

啊！我的成長過程，充滿了屈辱的記憶！

我從小很少吃飽過，你吩咐只能給我六分飽，零食一律斷絕，連祖母偷偷遞糖果給我，也被你無情地敕令一個月不許來探望我。

你鮮少買玩具給我，小至玩具車、電子遊戲機，到後來的任天堂、電子雞，同學有的，我一樣也沒有。你只給我一套積木和一堆塑膠玩具兵，如果我還膽敢要求腳踏車，你叫我自己去賺或去偷，自己想辦法。

諸位可別誤會，我的家境很富裕，在我就讀的貴族學校裡，也沒幾個人比得上我家。但我每天上學都很狼狽，白色校服穿得連外表都黯淡了，舊舊的鉛筆盒用了好幾年，橡皮擦也必須用得很小顆了還在用，每天零用錢大概只足夠乘公車（我爸還有司機，卻堅持要我乘公車！），比隔壁座位那位便利商店店長的兒子還不如。

我很瘦，看起來營養不良，一副窮酸樣，同學們歧視我，認為我破壞了貴族學校的格調，當他們的同學簡直是污辱了他們。

諸位，我爸名下的股票上市公司就有三間，我也不是他小老婆生的，他對朋友和下屬都十分慷慨，卻只對我——他的長子——特別苛刻。有時候，我懷疑他是否恨我，是否刻意地嫌棄我。

他唯一對我大方的，就是每年送我到美國去參加夏令營，不過那不是一般的夏令營，而是荷槍實彈的軍事訓練營，根本不是我這種年齡的孩子參加的，不過他動用了許多關係，讓我在一群高大的男人之間學習各種求生、埋伏、格鬥、殺敵等等的技巧，我甚至保持了閉氣潛水最長時間的紀錄，儘管我不知那有什麼用。

我聽別人說，父親的發跡本身就是一篇傳奇，他原本只是一名小店員，由於進貨預測準確而令店內業績衝上前所未有的新高，後來他玩股票，一個月內賺得開店基金，一年內帳戶存額達億。他自資開公司後，投資奇準，兩年內登上全國十大企業，被譽為奇蹟之子。

當我上小學的時候，父親的企業已經跨足生化、機械、物理、基因工程等領域，他只有國中畢業，以上這些領域其實他一概不識，但他早已在它們被人意識到商機之前，就已經占得先機了。

他告訴我說：「雖然我不懂，但我可以聘請懂的人。」

高二那一年，父親難得地帶我去高級餐廳用餐，在用過一頓我從未想像過味道的牛小排之後，他告訴我：「孩子，這是最後一道大餐了。」

我毛骨悚然，他果然恨我，現在或許是打算逐我出家門了。

沒想到，他娓娓道來，告訴我，他的投資不是奇蹟，而是因為他有預知能力。

我一時不能接受，他在說什麼呀？在唬弄我嗎？

他說，待會進來餐廳的是個穿長褲的女人，還詳細描述了女人的衣著長相，五分鐘後，我開始接受事實，並聆聽他的故事。

他說，他的預知能力自幼就很強，甚至連邂逅母親的地點都一早預知。

他知道，有些事必須要儘早準備，尤其是當你知曉未來的時候。

「一星期前，」他說，「我已將手上所有企業股票賣光，囤積大量物資，收藏在你學校的地窖，就在那個標了B2的貯藏室，另一批在我們家地下室。」

我訝異不解，他說：「明天，你就知道了。」

我沒聽從父親的勸阻，次日我堅持回校考期末考，考到一半，天空突然變黑了，大白天卻黑得像午夜，大家一望窗外，才發現天空滿布了銀灰色的大盤子。

攻擊發動得很迅速，即使電影演了這麼多版本，依然沒有人來得及反應，教室大門外擁入了一批奇異的生物，將我們全部制伏。

然後，為了解決牠們長途飛行的飢餓，班上的運動健將先被牠們活生生分食了，接著是白白胖胖的富家子弟，學校的上千年輕學生，根本是牠們鮮嫩多汁的食物倉庫！而我看起來不太健康，太瘦又肌肉太硬，就被綑綁起來，留著當點心。

當下，父親，我才明白您的苦心栽培！

接下來的，你們都知道了。我發揮多年苦練的求生技巧，掙脫綑綁，溜到學校B2地窖，用我爸昨天給我的鑰匙打開大門，門後是充足的彈藥，足以摧毀一整個中型城市。

這就是咱們驅逐那些侵略者的開始，這就是為何這些年來，我能夠領導你們對付那些外星混蛋，這也是為何今天，我們要在這裡記念我那位偉大的父親，他有如獅子教子般鞭策我！他的洞燭機先讓我們人類文明得以存續至今！

來，大家開始痛快地吃外星混蛋的肉吧！明天就是總進攻的日子了！

資優生

她決定了！

一旦她決定，則絕不悔改！這是她自己引以為豪的性格。

於是，她在學校的化學實驗中偷了一點點氰化鉀。

明天早上，她會將它加入妹妹早餐的飲料中，不，不行，早上不行，妹妹一死，家中一定大亂，這樣子會影響她的上學時間，那她堅持每天不遲到早退、病到脫水也不請病假，兩年來辛辛苦苦維持的全勤紀錄就會蒙上污點了。

那麼星期六晚上好了，乘妹妹吃消夜時，這樣子星期天就可以有充裕時間處理後事、應付警察等等的了。

妹妹必須死！因為妹妹妨礙了她的未來。

從小到大，她都是班上第一名，往往也是全級第一，模範生、演講比賽、作文比賽等等獎狀、獎盃拿得她手軟，要是沒得拿，她還渾身不自在。

依現在的狀況，她將來必然是進一流大學，順順利利拿到碩士、博士，無論從政、從商，各種事業皆無往不利，同時嫁一流老公、過一流人生，壯年時已是名揚國際，在歷史留名。

她已經計畫好未來。

可是，擋在她面前的，是妹妹！

妹妹功課超差，不愛唸書，在校惹是生非，天天在迷帥哥和明星，還常常深夜不歸，有些時候，她還真懷疑妹妹還是不是處女。

最令她受不了的是，這種不事生產、沒有社會價值的人，正跟她共用同一資源！是的！她們擁有同一對父母，同一對收入平平，而且家中經濟岌岌可危的父母；同一對每日還在為房貸、車貸和卡債愁眉苦臉的父母。

在這種資源不足的情況下，要是少了一個用錢的人，她現在的補習費，以及將來出國的費用才會有保障！她的計畫才得以順利進行，她的未來才能光明無限！

於是她決定除掉妹妹。

妹妹的喪葬費用不會少，不過明年才需要一大筆考試費，所以今年除掉妹妹比較划算。

她準備了針筒、瓶裝飲料還有妹妹最愛吃的點心，在星期六晚上等妹妹回來，果然，待父母睡了，妹妹才在午夜之後回家。妹妹一開門，看見她還在看電視，不禁愣了一下，因為她總是準時就寢的。

「要吃消夜嗎？」她假意扭開兩瓶相同的飲料，這是去除戒心的第一步，其實她遞給妹妹的那瓶，已經用針筒注入氰化鉀，到時警方問起，她只要讓警方以為是賣飲料的超市有人下毒就好了，對能言善道的她而言，這點不難。

妹妹疑心地看著飲料，一面輕輕拂去身上的菸臭味。妹妹想起那次是怎麼失身的，是男友在飲品中偷偷下了藥，事後她沒生氣，反而討教男友是怎麼弄的。

男友得意地教她調換杯子的手法。

於是，她乘姐姐一不留神，調了瓶子。

妹妹想，這麼調換一下，反正無傷大雅。

接下來的第五秒，當她看見姐姐倒斃在地上時，才知道她真的救了自己一命。

姐姐死不瞑目，連妹妹想幫她合上雙眼，她都堅持不閉目。

凌晨的家中一團混亂，大批警方湧入，東搜西查蒐集線索，而妹妹成了第一嫌犯。

「妹妹殺姐！」報章上斗大的標題如此報導。

妹妹每日被疲勞轟炸式地偵訊，律師常常與她討論案情和法律條文，折騰了幾個月，好不容易才有姐姐的同學作證，見到姐姐偷實驗室藥品，案情才轉成「資優生因課業壓力自殺？」

經過這番風波，妹妹竟然對法律產生了興趣。

已故的姐姐不知道，她的妹妹因此考上大學法律系，然後在七年後成為正式執業律師，十五年後開始為國際冤獄奔走，三十年後被提名諾貝爾和平獎。

姐姐永遠不會知道。

跳樓

「跳下來嘛，跳下來嘛……」

我探頭出去，陽台下方的那幾個人還在，他們抬頭望著我，滿臉笑意，溫柔的招手，不厭其煩地一直在說：「跳下來嘛，跳下來嘛……」

我才不要！

都是因為約網友出來見面，才搞成這樣子的！

我常常上一個專門抱怨的網站，抱怨學校、抱怨公司、抱怨家庭，什麼都可以抱怨，大家都把自己的苦水朝網路上丟，我也常常上去把店長罵個痛快，罵完之後就舒服多了。

那天上去，見有幾個人要相約見面，我一時無聊，便加入了他們，約好在一間快餐店見面。

那幾個人有男有女，一個個臉色陰沉，不停在抱怨自己所在的環境，看起來滿臉黑氣，陰沉得很，只有我一直在打哈哈。

言談中，忽然有人提議買幾罐啤酒，然後到他住的公寓頂樓去。

我應該要在這時候察覺到不對的。

公寓頂樓視野不錯，可以望見許多高樓燈火，在初秋的夜風下喝冷凍啤酒，還算不錯的。

隨著啤酒減少，大家的談話也越來越少了，最後，眾人只在默默地喝著自己手上的空罐子。

不久，忽然有人說：「誰要先跳？」

大家冷冷地望著他。

那人說：「是我提議的，我先吧。」說著，他輕快地把腳踏上矮牆，一躍而下。

我正目瞪口呆地看著這一幕時，另一人說：「我附議。」他跨過我身邊的一堆空啤酒罐，也跳了下去。

我還來不及反應，他們已經接二連三地翻過矮牆，跳下去。

天啊！我上聊天室的時候沒看清楚他們在之前聊了些什麼！他們一定是約好來一起自盡的！我怎麼會這麼懵懂呢？

最後一個跳下去的人回頭望我一眼，困惑地皺了皺眉，就消失了身影。

我終於從驚嚇中省悟！趕忙逃離這片頂樓，我打開頂樓的鐵門時，還回頭望了望水泥地上零散的空啤酒罐，期待看見那些人還坐在那兒，其實什麼事都沒發生過。

下了樓，我避開他們跳下去的著陸點（那邊一定會踩到血水），截了一部計程車回去我的公寓。

我衝進家門之後，身體才開始發冷，即使喝下三大杯溫水、沖了個熱水澡，依然驅不走體內的寒意。

我抹乾身體，正坐在沙發上發呆的時候，窗外傳來了他們的聲音，像蚊子一般，又小聲又清楚：「跳下來嘛，跳下來嘛……」

我嚇得半死，好不容易壯起膽子偷偷探頭望出去。

他們真的在樓下，一個個抬頭望著我，還圍了個圈子，指著圈子中間，表示那是留給我跳下去的位置。

「去你的！」我朝他們大嚷，還順手把身邊的電話簿扔下去。

電話簿落下五層樓，擊中柏油路面，發出沉重的悶聲。

「我不是跟你們一掛的！」我喊道，「我根本不知道你們是約好要去死的！」

公寓的鄰居想必是聽見我的叫聲了，我叫得那麼大聲，他們紛紛亮了燈，探頭尋找叫聲的來源。我慌張地把頭縮回去，等了一會，才重新探頭去看。

他們已經不在樓下了。

忽然，背後有人在說話，我猛然回頭，一陣涼風吹拂過來，我即刻渾身戰慄，打了個哆嗦！那幾個人仍握著啤酒罐，仍坐在地面，而我也仍然在公寓頂樓！手中傳來一陣冰涼，原來我手中還握著空了的啤酒罐！

我驚魂未定，正在尋思發生了什麼事時，忽然有人說：「誰要先跳？」

大家冷冷地望著他。

「你最後加入的，你先跳吧。」他指著我，眾人紛紛望過來。

「什麼？不要！」我斷然衝向頂樓的鐵門，我已經知道接下來會發生什麼事，不能令它發生！

沒想到，他們全部同時奔向我，一個跑得比我快，擋住了鐵門，其他幾個人七手八腳地抓住了我的四肢，將我整個抬起。我沒命地掙扎，恐懼吞噬了我的全身，每一個毛孔都瞬間收緊了：「放開我！我沒有打算死！我不知道你們的計畫的！」

「沒關係。」他們一面把我抬向頂樓邊緣，一面呢喃著說。

「我不要！」我的叫聲割破夜空，期待最後能吸引到一兩個拯救我的人，一如電影中那般。

「很快就不痛的。」不知是誰，很輕柔卻很興奮地說。

然後，他們合力把我扔了下去。

膽小鬼小玲（一）

三隻小貓

老師教我們唱了一首很恐怖的歌。

我邊唱邊哆嗦，最後還哭了起來，好羞。

可是那首歌真是太恐怖了，讓我想起了可怕的事，為什麼要教我們小孩子這種歌呢？

「三隻小貓小，三隻小貓小，一邊唱，一邊走……」

我不敢自己一個人回家，其實幼兒園就在我家隔壁大樓，平常媽媽也有給我一把鑰匙，我都自己去買便當回家吃。由於太害怕了，今天放學我求小美陪我一起回家，她也很愉快地答應了，還在我家上了廁所才離開。

小美離開時，我送她去乘電梯，那時候，我忘記告訴她一件事……

「一隻鑽到洞裡去，現在只剩兩隻貓……」
第二天，小美的媽媽到幼兒園來跟老師吵架，說小美昨天沒回家，她們說一定是老師的疏忽。
我縮起身子，怕她們注意到我，怕她們記得小美昨天跟我回家。可是，每當想起那首歌，我還是好怕，所以我求小珠陪我回家，我告訴小珠說家裡有很多玩具，我們可以一起玩。
小珠答應陪我回家，跟我一起先到便利商店買了麵包和飲料，我請客，一起回家玩家家酒，直到她害怕被媽媽罵，才匆匆離開。
那時候，我又忘記告訴她那件事……
「一隻爬到樹上去，現在只剩一隻貓……」
第二天，小珠的媽媽到幼兒園來向校長質問，說小珠昨天沒回家，她們說一定是校方的疏忽。小珠的媽媽很吵，連教室都聽得見，老師也聽到了，她看了看我，我心虛地低下頭，不敢看她。
老師大概知道小美和小珠來過我家。

放學的時候，老師說要陪我回去。

我不要，我不要老師跟我回家，但是我不敢說。

老師陪我去買便當，跟我回公寓，電梯搖搖晃晃的不太穩定，我不禁害怕地抓住老師的手。老師問我：「小玲，為什麼手這麼冷？有沒有大人在家？」我沒回答她。

出了電梯，我拿出鑰匙不敢開門，我跟老師說媽媽不喜歡陌生人進去，老師點點頭，問我自己一個人進去沒問題嗎？我說可以，老師嘆了口氣，回過頭去按電梯上來。

我很害怕，我不應該讓老師上來的，我應該快點告訴老師，我這次不能再忘記了，要快，再慢一些些就不好了：「老師……」來不及了！電梯門開了！

電梯裡面是空的。

老師整個人向前一倒，要掉進洞裡面去。

「放開老師！」我不知道哪裡來的勇氣，我大叫：「放開老師！」

老師兩手趕緊抓住電梯門，拚命把自己拉回來。

這時候，電梯門邊緣有兩隻毛茸茸的長手臂收回去，慢慢縮回電梯洞裡去。

電梯洞裡面傳來陣陣風聲，像有一群人在發出噓噓聲，然後電梯才緩緩降下，停在門前。

這個電梯很壞，它有時候會慢一點下來，我們住在這裡的人都知道要退後兩步數到五。

我問老師：「剛才老師有沒有看到小美和小珠在裡邊？」

老師嚇得坐在地上，整張臉變白。

最後，她決定走樓梯下去。

膽小鬼小玲（三）洋娃娃哭了

老師又教我們唱了一首很恐怖的歌。

「妹妹背著洋娃娃，走到花園來看花，」這還好，可是接下來是

「娃娃哭了叫媽媽，樹上小鳥笑哈哈。」

洋娃娃不是活的，怎麼會哭呢？

我越想越怕，在唱遊時哭了起來，好羞。

放學時，小珍問我要不要去她家玩？

小珍的家很有錢，平常有司機送她來幼稚園，雖然她家住的高級公寓只在馬路對面。

她常常邀女生去她家玩，去過她家的同學告訴我，小珍很驕傲，不停在炫耀她的洋娃娃。

可是我很想去看看。

小珍問我要不要去她家玩，我當然要去！

小珍的司機載我們回家，她家的房車好大、公寓好大，連小珍的寢室也好大，布置得像童話世界中公主的房間一樣，而且每一面牆都擺滿了洋娃娃，在這種房間睡覺，真是太幸福了！

可是小珍看也沒看她的洋娃娃一眼，只是隨手抓了一個給我玩，我感覺她在施捨我。

小珍去上廁所，留下我一人在房間，被這麼多洋娃娃包圍，我忽然害怕起來，洋娃娃們似乎全都在盯著我，我想起老師教我們的歌，萬一娃娃哭了，那該怎麼辦好呢？

我越想越怕，也不想留下來玩了，晚上睡覺時有這麼多眼睛盯住，難道小珍不怕嗎？

小珍回來時，我告訴她說我想回家了，她無趣地翻了翻白眼，又隨手塞了個洋娃娃給我，說：「拿去，這是你答應陪我玩的酬勞。」我不想要，她還硬塞去我的背包，請女傭帶我下樓。

好可怕！我的背包居然有個洋娃娃，小珍不准我拿出來，那娃娃很重，像個真正的寶寶那樣重，我好想從背包拿出來。

她家女傭陪我乘電梯的時候，我一直擔心娃娃會哭，我覺得背包裡的娃娃好像在動，萬一它拉開背包拉鍊怎麼辦？

當我獨自走出電梯時，偌大的大廳空蕩蕩的，我聽見輕微的哭泣聲，從背包裡傳出，我被嚇得腿軟，再也走不動，跪倒在大理石地面放聲大哭。

警衛伯伯走過來問我怎麼了？（剛才警衛伯伯躲哪去了？）我告訴他娃娃在哭，在背包裡頭哭，警衛伯伯皺起眉頭，他也聽見了，他幫我打開背包，拿出洋娃娃，娃娃被卡在背包裡面，警衛伯伯拉，娃娃的背後破開了，掉下一樣很重的東西，打碎了大理石地磚一角。

那是一把手槍。

警衛伯伯問我娃娃是打哪來的？我說是小珍家，然後警衛伯伯帶我去警衛室坐著，他就打電話給警察。

後來小珍沒來幼稚園了，老師說小珍搬家了，媽媽說小珍的爸爸是壞人，爸爸看電視新聞說小珍的爸爸被警察捉了，那把槍殺過人，警察叔叔已經找了很久了。

洋娃娃現在住在我的玩具籃中，背後還沒被縫好。雖然手槍被拿走了，可是偶爾還會聽到它在哭。

膽小鬼小玲（三）

只要我長大

我不明白老師為什麼要教我們這麼可怕的歌。

「哥哥爸爸真偉大，名譽照我家……」到這裡還好，可是接下來就不妥了：「為國去打仗，當兵笑哈哈。」

當兵不是要拿槍去殺人嗎？為什麼要笑哈哈呢？好可怕哦。

老師帶領我們邊走圈圈邊唱這首歌，學操兵，說我們是娃娃兵好可愛。我不要，電視上看過當兵打仗好可怕，被子彈打到好痛，會流血，還會死，我不要。

結果我哭了出來，不想再走圈圈，大家也跟著停了下來，對我議論紛紛：「小玲好奇怪哦。」我覺得好羞。

下午我自己一個人回家，跟平常一樣買了便當，邊看電視邊吃飯。

當我正要午睡時，門鈴響了：「小玲，爸媽回來了，開門。」

我好高興，爸媽每天都很晚回家，今天怎麼這麼早呢？我蹦蹦跳跳去開門，一打開門，看見爸媽後面站了兩個很醜很高的叔叔，我嚇一跳，馬上害怕起來。

他們全部走了進來，那兩個叔叔很兇地看著我：「好醜的小女孩，死了也不可惜吧。」

我又氣又怕，委屈的眼淚在眼角打滾。

我看到那兩個叔叔都拿了手槍，抵住爸媽背後。

媽媽像平常一樣慈祥地看著我：「小玲，你去看故事書好不好？」

我搖頭。

爸爸也很鎮定，微笑說：「去看書去，看那本《三隻小豬》好不好？」

我愣住了。爸爸為什麼要我去看那本書呢？

那本書是一本很舊的圖畫書，連紙張都是發黃的。

我乖乖走去書架拿書，翻開第一頁、第二頁……看見小豬三兄弟分頭蓋房子，大野狼來了，吹壞了老大的草屋，吹垮了老二的木屋，只有老三的磚屋吹不掉……我翻到最後一頁，那邊是一個放卡帶的地方，卡帶會講三隻小豬的故事，還有唱遊……

現在人家都不用卡帶了，都用光碟了。

所以有一天爸爸把卡帶拿走，放了一樣東西進去卡帶的空位。

「這玩具會在你手中打雷哦，」爸爸說，「小玲要不要學學看？」

我把它拿起來，藏在手中。

「我……我要上廁所。」我放下書本告訴大家。

那兩個很兇的叔叔用手槍揮一揮：「去去去，等下死得乾淨點。」

然後轉過頭對爸媽說：「再不說，我就先轟了你女兒！」

我經過他身邊，向他的背後說一聲：「砰。」

雷聲震得我整個人向後跌倒，撞得頭好痛，我的手心好痛好辣，像火在燒，耳朵被打雷聲震得嗡嗡叫。

那個叔叔倒在地面，背後開了一個洞，不停在冒血。

另外一個叔叔看著我手心，嚇得大叫：「掌心雷？」接著就被爸爸揍得倒地，然後再也不動了。

媽媽跑過來抱著我：「小玲好棒，你救了媽媽耶！」

爸媽一邊笑一邊摸我的頭，然後爸爸拿走我手中的小手槍，兩人轉頭去商量，要怎麼樣把那兩個叔叔弄不見掉，不要給人家發現。

他們叫我乖乖看電視，看累了就午睡，還命令我不可以進浴室，尿急也不行。

我邊看電視邊聽到浴室中一陣陣的剁肉聲，還有花洒不停的沖水聲。

我沒哭，我只是咬著牙，作了一個決定：長大以後我一定要離開，我不要再跟爸媽過這種生活了！

在昏昏入睡前，我心裡不停告訴自己：只要我長大，只要我長大！

搖籃曲

膽小鬼小玲（四）

爸媽說要出遠門一陣子，將我送到鄉下的老奶奶家。

爸爸開了一整晚的車，把我送到奶奶手上，就回頭開車走了。

老奶奶用皺巴巴的手握著我的手，一點笑容也沒有，眼睛陰森森的，我看了就害怕，下巴不由自主地開始抖起來。

我不知道爸媽什麼時候會回來接我，他們沒說。

我不知道什麼時候可以回去幼兒園，他們也沒說。

他們也從來沒告訴過我，我們有個鄉下，我也不知道有個老奶奶。

我覺得，我好像已經被爸媽遺棄了。

老奶奶給我一碗稀得像水的白粥做早餐，我怯生生地問：「有沒有麥片？」老奶奶白我一眼：「你給我吃下去。」

沒有電視看，沒有人陪我玩，連便利商店也沒有，老奶奶又不理睬我，只看她在餵雞、掃地、種菜，我悶得發慌，好無聊！

為什麼大人總是隨心所欲地要我們小孩怎樣就怎樣？我好想長大，只要快些長大，我就可以自由了。

晚上要睡覺時，我才知道老奶奶連張床也沒有，她在地上鋪了一張蓆子，再蓋上一層薄薄的毛巾，就是我的睡床了，地上有很多小蟲在爬來爬去，我雖然很睏，卻不敢睡。

老奶奶忽然變得很慈祥：「小玲睡不著呀？奶奶唱首歌給你睡怎麼樣？」

我不敢說不要。

老奶奶為我蓋上破舊的被單，一邊輕拍我的背，一邊用蒼老走調的聲音唱：「嬰仔嬰嬰睏！一暝大一寸……」雖然不好聽，但聽了真的好想睡。

可是為什麼老奶奶越唱，我覺得手腳越冷呢？我一面昏昏欲睡，一面想起家中又厚又暖和的被窩，忍不住要哭，就用手去擦剛要掉下來的淚水。

忽然，我感到困擾，那隻擦眼淚的手好像不是我的手，那隻手比較大、比較粗、比較有骨頭的感覺，我翻過手掌來看，真的是我的手！

「嬰仔嬰嬰惜！一暝大一尺……」老奶奶繼續唱著。

我很害怕，我的手變大了！而且變長了！我推開老奶奶，坐起來一看，我的腳、我的身體全部變長了！我摸摸自己的臉，本來膨膨的臉也瘦下來了！我吃驚地站起來，重心不穩，馬上重重摔倒，好痛！

老奶奶朝我笑著唱：「一暝大一寸……一暝大一尺……」我吃力地站起來，才發現好高！我從來沒在這麼高的地方看過！我驚怕地看著老奶奶，問她：「奶奶，我發生什麼事了？」

老奶奶說：「你在長大呀，女孩子家會長大很好哇。」然後繼續唱：「一暝大一尺……」我不要，我不要，我長得太高了，頭已經頂住天花板，我彎下腰，可是身體不斷長高，我的背也頂到天花板了。

「老奶奶，不要唱了，求求你！」我的腳支持不住了，整個人撲倒在地，還撞倒了屋角的幾個罈子。老奶奶一直唱，一直唱，我的身體已經碰到了四面的牆壁，連腿也彎不起來了，我苦苦哀求：「老奶奶，不要唱了！」

「為什麼不唱呢？」她看看沒地方可以站了，就坐到我身上來，繼續唱。

「我不要長大了！我不要長大了！」我哭道。

「你真的不想長大嗎？」

我猛搖頭：「不想！不想！長大好可怕！」我的頭髮揮動，掃下了天花板上的蜘蛛網。

「這才乖。」老奶奶伸長手，拍拍我的額頭。

這一夜，我滿身灰塵，和著淚水，將腿完全蓋在破舊的薄被中沉沉入睡，從來沒想過破被也可以這麼暖和。

我再也不要聽老奶奶唱歌了。

再也不要。

猜拳

膽小鬼小玲（五）

我被爸媽連夜送到鄉下的老奶奶家，大概是要逃避仇家追殺吧。然後爸媽就下落不明了，也沒說什麼時候要帶我走。

那位老奶奶也不知道是什麼人，她會唱好可怕的歌，我一聽到她唱歌，就掩著耳朵逃也似地走開，直到吃飯時間才敢回來，因為她不會邊吃飯邊唱歌。

我在老奶奶的屋子周圍走走，原本不敢走遠的我，漸漸越走越遠，這才發覺老奶奶的紅磚屋是這附近唯一的一間房子。

房子四周都是樹林和雜草地，雜草長得比我還高，雜草之間有一條不知通去哪兒的小徑，樹林邊也有一個大池塘，周圍都安靜得很，靜得我很不習慣，以前住在公寓都不會那麼靜，現在太安靜了，我會害怕。

我害怕會不會有野狗忽然跳出來咬我一口。

我害怕會不會有老虎出來吃掉我。

不知不覺中，我已經站在靜得連風聲也沒有的樹林前方，擔心一轉身就會有不知名的怪物從後面抓住我。

我凝視樹林，上下左右看清楚沒任何東西躲著，等了很久，才敢慢慢後退，打算退得夠遠了，才拔腿跑回老奶奶家。

我緊盯著樹林，退了好幾步，才剛轉身想跑，就聽見有人輕快的唱歌：「好朋友，我們行個禮，握握手呀，來猜拳……」那是一把很好聽的聲音，我轉頭去找，看見一個很好看的男生。

他在雜草地的小徑入口，穿得很乾淨，看起來很和善，大概比我大一些，大概是小學生，他正笑著向我伸出手，說：「好朋友？」

我害臊，把手躲到背後。

「你叫什麼名字？」

「小玲。」我怯怯地回答。

「跟我玩猜拳好不好？」他話沒說完，已經舉起拳揮下來，我也沒想那麼多，便握起拳頭，跟他猜拳，他出布，我出剪刀，我贏了。

他不多說，又出了一拳，這樣子連出三拳，都是我贏了。

我猜拳很少贏，幼稚園班上的小玉也說過她猜拳常常輸，但我們兩個猜拳，小玉還是贏我，所以連贏了那男孩三次，我也感到很驚訝。

那男生和藹的臉孔漸漸變了，他的笑容越來越僵硬，連眼神也變得可怕。

他不停地要猜拳，一次又一次地輸給我，我好害怕，我已經不想玩了，可是我的手控制不住，不斷的出拳，停不下來，我覺得手臂開始要痛了。

「我不玩了。」我哭喪著臉，哀求道。

「不行，我還沒贏！」

我的手自動猜拳，我想走開但我的腳沒辦法移動：「求求你，不要玩……」

他一邊猜拳，一邊低聲呢喃著，我聽得出，就是剛才那首歌：「好朋友，我們行個禮，握握手呀，來猜拳……」不過他只一直哼著這幾句，一直沒唱完。

「求求你……」「不行！」

「人家都說不要玩了。」一把蒼老的聲音從我背後響起，男孩的臉馬上變得慘白。

我回頭一看，是老奶奶，於是我頓時哭了出來，跑過去抱住她。

「我贏了！」男孩用顫抖的聲音大喊。

我低頭一看，為了要抱老奶奶，我打開了手掌，而男孩正好出了剪刀。

「贏了又怎樣？」老奶奶將我抱起來就往回走，我伏在她肩上不停抽泣，只聽到那男生一直在後面喊著：「可是我贏了！我贏了！」但他只站在雜草地的小徑入口，沒追過來。

老奶奶低聲問我：「你有沒有把名字告訴他？」

我很輕很輕地點點頭。

老奶奶沒再說話，一路抱我飛奔回家。

接下來的幾天，我一步也不敢踏出房子，每天晚上，我還可以聽到那男生的歌聲在屋外不遠處迴盪，不過這次他只唱最後幾句：「石頭布呀，看誰贏，輸了就要跟我走……」

我掩住耳朵，不敢聽。

老奶奶每晚陪我睡，在睡夢中，我總是會夢到雜草地的那條小徑，那男生正向我招手，但我老是看不清楚他的臉。

不知小徑的後面，會是什麼？

想到這裡，我的臉不禁紅了起來。

小星星

膽小鬼小玲（六）

被爸媽拋棄在一個小村的我，跟一個怪怪的老奶奶住在一塊兒，每天都過著無聊的生活。

我沒有幼兒園可以去，沒有電視，連故事書也沒得讀，老奶奶很少鄰居，我只看過幾個扛著農具的人遠遠經過。

我每天晚上沒事做，看星星成了最大的娛樂，我坐在老奶奶門前的石磚地上，抬頭看星星。

老奶奶問我：「看星星不會無聊嗎？」

我搖搖頭，心想：「不看更無聊。」

我望著星星，心裡想著爸爸書櫃中那本《星座的故事》，在臺北看不到星星，那本書沒用，可是這裡滿天都是星星，我好希望那本書就在我身邊，好讓我翻查星座。

我一邊想那本書，一邊唱：「一閃一閃亮晶晶，滿天都是小星星，
掛在天空放光明，好像許多小眼睛……」

老奶奶忽然抓住我的肩膀：「你剛才唱什麼？」

「好痛哦。」我推開她的手，可是她抓得好緊，推不開。

「你剛才唱什麼？」老奶奶再問我一次，她的臉變得好可怕。

「我唱〈小星星〉啦。」我想大力甩開她的手，還是甩不開。

「小玲，你得知道，」老奶奶在我耳邊悄悄說，「有些歌不能隨便唱。」

「為什麼？」我抗議說，「每個小孩子都會唱這首歌。」

老奶奶沉默了一下，說：「在這兒不行。」她放鬆了抓住我的手，「不信，你抬頭瞧瞧……慢慢抬頭，不能快。」

我抬頭了，看見滿天星還是一樣閃呀閃的，不，不一樣，有的很大很亮的星星，中間多了一個黑點，它會先亮一陣子，然後忽然

閃一下。

星星真的在眨眼！

老奶奶在我耳邊，用很小很小的聲音說：「他們以為你知道了，既然知道了，就不必躲起來了。」

我害怕地看著滿個天空的眼睛，全都瞪大眼睛在盯我，眼睛睜得太久，累了，才偶爾眨一下。

「老奶奶，為什麼會這樣？」我抽泣著，拚命忍著害怕，可是我還是快哭出來了。

「這兒不是人的世界，」老奶奶更小聲了，「是他們一直在監視的世界，所以很安全，所以你父母才會送你過來。」

我聽不懂。

「別再看他們了！裝著沒事，別看，還看？」我趕快轉過頭去。

「記住！」老奶奶說，「不要直視他們的眼睛！」

我跑回屋裡，外面好可怕！

老奶奶的屋子很破爛，牆上穿了好幾個洞，我看見那些洞口閃呀閃的，仔細一看，洞口變成了眼睛，在眨呀眨地緊盯著我。

老奶奶走進來，發現我還在看，嘴巴不作聲地作狀說道：「還看？」

我鑽進被窩，用破被單蒙著頭。

被單上的破洞一閃一閃的，我轉眼看去，每個破洞都有個眼睛，正在好奇的眨著眼，那些眼睛跟我對望，眨眼時還有睫毛掃過我臉上。

我忍不住了，哇一聲哭了出來。

老奶奶翻開被單，把我抱在懷裡，一邊輕拍我的背：「別怕，他們心腸不壞，只是愛偷看人。」我不敢看老奶奶，我怕她的衣服鈕扣洞裡長眼睛。

可是老奶奶輕輕搖我，我覺得好安心，好像回到嬰兒時在媽媽懷中的時刻，我好想爸媽，他們什麼時候才會帶我離開這裡？

我緊閉著眼，不敢打開，我害怕一張眼就發現有另一個眼睛會貼在我的眼睛上，看著我。

因為我的眼睛，也是一個洞。

兩隻老虎

膽小鬼小玲（七）

「小玲，爸媽來接你了。」

熟睡中的我，忽然被老奶奶拍醒，睜眼一看，兩條人影站在門口，準備接我上車。外面還是深夜，蟲叫聲在安靜的夜裡分外響亮。

我在迷糊中被抱到車後座，在車門關上前，還看見老奶奶拿著油燈，陰森森地站在門外目送我，沒有揮手，也沒說一句再見。

我覺得很奇怪，爸媽要接我回去了，我卻沒有預期中那麼高興。

我沒看清楚爸媽，他們是瘦了？還是胖了？他們坐在前座，靜悄悄地一句話也沒說，大概是怕吵醒我吧？可是，爸媽為什麼會在這個時候來接我呢？

路很不平，車子搖動得很厲害，令打瞌睡的我更加是很快沉沉入睡，在入睡之前，我才想起沒對老奶奶說再見實在很抱歉，雖然她是個怪人，畢竟保護過我很多次。

走到半路，忽然傳來「轟」的一聲，車子重重地頓了一下，把我嚇醒了。

車子停了下來，沒有引擎震動，車外沒有風吹草動，四周變得十分安靜，靜得連一點聲音也沒有，我感到很不安，頓時睡意全消，在椅子撐起上半身，看看前座。

我現在才發現，我根本不確定前座那兩個人是誰。

我忽然很害怕，於是試著叫他們：「爸爸？媽媽？」

他們坐得正正的，沒有回答，沒有回頭，沒有動靜，就像兩個假人一樣。

我嚥了嚥口水，拉長身體，想從倒後鏡看看坐在前面的人的臉孔。

這時候，車外傳來了歌聲，有人唱著一首我很熟悉的歌：「兩隻老虎，兩隻老虎，跑得快，跑得快……」然後另一個人發出一聲冷笑，說：「任你跑多快，還是陷在我們手裡。」

他們慢慢走近，先是草叢被撥開的沙沙聲，然後皮鞋卡卡聲地踏上了瀝青路面，我縮低身子，不敢看見他們，也不敢被他們看見。

終於，有兩個人的影子伸進車內，一根長長的槍管伸進前座的窗口，指住爸媽的頭。

我緊閉雙眼，拚命瑟縮著身子，預期他們開槍的時候會很大聲。

忽然，他們又驚又怒的「嗯？」了一聲，馬上把槍從前面抽出，伸向後座，用力抵住我的頭，很兇的大叫：「媽的！你們躲哪去了？居然拿女兒做誘餌？看我敢不敢轟掉她的腦袋？」我咬緊牙關，拚命忍著不哭出來。

另一人歪頭向我說：「別哭，小妹妹，你很醜，死了也不可惜。」說著，下巴朝前座揚了揚，「你看，連你爸媽都不要你了。」

「你騙人……」我小聲哭著說。

那人突然悶哼了一聲，槍口撞了我的頭一下，我以為要開槍了，結果是那把槍掉了進來，滾過我身上，掉到我身邊，然後車外又沒有了聲音。

我一點也不敢移動，等了一會，又有腳步聲移近來了，又有人在唱兩隻老虎了，不過這次是在唱：「一隻沒有腦袋，一隻沒有蛋蛋，真奇怪，真奇怪。」唱完之後，他乾笑起來。

我認得那笑聲，是爸爸！我趕忙抬起身體，從車窗望出去，正好看到媽媽微笑著走到車邊，爸爸跟在媽身邊，手上拿著一把長長的刀。

媽媽一手破開車門，將脫下的車門擺到車頂上去，再把我抱起來，我像個嬰兒般放聲大哭，眼角還瞄到爸爸正將躺在地面上的兩個男子拉到車子旁邊去，其中一個人沒了頭，不知去了哪，另一個人的下半身滿是血。

爸爸回首向我一笑：「小玲，要回家囉。」

媽媽抱著我走到車前，指指車子：「他們好歹送了你一程，謝謝他們吧？」我一看，這才看見前座坐的是兩個紙紮的人，連眼睛和嘴巴都是描上去的，不但如此，連車子都是紙紮的，跟我在人家樓下辦喪事時看過的一樣樣。

爸爸將車子和地上的人淋上汽油，劃了一根火柴丟過去，夜晚的冷空氣頓時熱了起來。

「哦，差點忘了。」爸說著，走到路邊草叢去，提了一個人頭出來，「剛才用力太猛，飛到路邊去了。」他跟媽媽說著，將人頭扔到火中去。

然後，我們一家人開開心心地，走到不遠處停放的一輛車上去。

我希望，這次真的要回家了。

膽小鬼小玲（八）當我們同在一起

朋友約我去唱卡拉ＯＫ，我不去，我總是不去，也從未因為任何原因而破例。

可是，今天我答應了小輝。

小輝跟我不是同一系，只是一起上通識課程「哲學概論」，他很帥，又有風度，我看得出同班的小娟、小佩和小珊都在注意他，她們不是系花就是班花，像我這麼醜的壁紙花，根本想都別想。所以當小輝來邀我去唱卡拉ＯＫ時，我一時昏了頭，竟完全忘了自己的原則。

當時，他是露出一臉陽光的迷人笑容來邀請我的：「你叫什麼名字？」

我羞得抬不起頭，用蚊子般的聲音，像呼氣般說出：「小玲。」

「我們下課後去KTV，」他指指教室門外那群男女，「他們都帶女朋友去，我沒有，可不可以邀你去？」

在一旁的小娟、小佩和小珊，眼神發出烈火，燙熱了我的臉，我不理她們，拚命點頭，忘了今晚應該要趕一份期末報告。

我只好決定，即使去了，也不能唱歌，不唱，絕對不唱。

我之所以不唱，是因為在小時候的記憶中，每當周圍有唱歌，就總有一些怪事發生，所以我最怕上幼稚園的唱遊、小學的音樂課、週會的校歌，也不喜歡扭開收音機，對於現在流行什麼歌，我一概不知。

我曾經哭著問爸爸：「為什麼每次唱歌都會有怪事？」爸爸沉吟了一陣，嚴肅的告訴我：「不，是因為那些歌會找上你。」對我而言，歌曲有一股強大的力量，或許歌曲的原始來源就是遠古巫師的呢喃，而在我的身上，它們特別容易發揮力量吧？

所以在KTV，我一直叫飲料喝，就是不點歌，事實上，我還在耳朵偷偷塞了棉花。

小輝也沒對我怎樣，幾乎沒留意我，我倒覺得他真正的目標，是他朋友的女朋友，一直在跟人家眉來眼去的。

喝了幾杯飲料，我感到高血糖令身體產生負荷了，於是對小輝說，我要回家了。小輝這時候才注意到我：「再待一下下好不好？待會我送你回家。」

「不行，我還要趕報告。」

小輝笑著帶我出房間，一踏出門外，他馬上變了一張臉，滿眼都是蔑視：「你給我識相點，我邀你來是獎賞你平日沒煩過我，你配合一下……」

我很冷靜的問他：「你想追小傑的女朋友是不是？」

小輝先是驚訝了一下，接著賞識地拍拍我的臉：「你眼睛挺尖的嘛。」

我用力點頭，然後推門進去，一把拿起點歌簿，大家嚇了一跳，紛紛問小輝：「你對她做了什麼事？」小輝聳聳肩，一臉得意。

我拿起麥克風，過門響起。「什麼？」大家不敢置信，「唱兒歌？」

「當我們同在一起，在一起，在一起……」我自顧自地唱著，「當我們同在一起，其快樂無比。」

「有沒有搞錯？」一位男同學大聲說，女同學則竊竊私語之後發出譏諷的笑聲，而小輝的臉神呆滯，已經開始產生變化。

「你對著我笑嘻嘻，」我邊唱邊望向小輝，他的臉逐漸變柔和了，「我對著你笑哈哈……」他眼神泛現光彩，直愣愣地凝視我，然後恍然大悟。「當我們同在一起，其快樂無比。」當我快唱完的時候，他已經在跟我一起和音了。

我放下麥克風，說：「我要走了。」小輝一骨碌跳起，拉住我的手，哀求道：「等等我，請帶我走。」大家錯愕地愣在座位上，彷彿影片停格一般。

那晚，他很溫柔地送我回家，一路上小心呵護著我，還一直對我笑咪咪的。

第二天，以及接下來的每一天，他都在上課時黏住我，連不是他系所的課，他也一樣跑來坐在我旁邊，一直傻呼呼地朝著我笑，令小娟、小佩、小珊、小珠等同學們牙癢癢的。

可是，每天面對他這種滿足又快樂的笑容，我覺得有點煩了，小輝只像是一塊美麗卻無用的東西，不適合我這種務實的人，現在，我歡迎她們任何人拿走，煩的只是該如何甩掉他。

我需要想想另一首歌，但我暫時還想不到合適的……或許《送別》不錯，可以天涯海角都不必再見到他。

【跋】

極短而壯大

看完一部令你印象深刻的電影，你會記得所有的細節，抑或只是其中的某個場景？每當別人提起這部電影時，在你腦中掠過的是否總是同一個場面？極短篇就是這麼回事，它缺乏鋪陳的時間，沒時間慢慢「起、承、轉、合」，必須萃取故事精華，在極短時間內擊中重點。

有人曾告訴我：「真實總是比虛構更驚人。」的確，有的故事是真的，跟輪迴有關的〈豬肉〉、〈弟弟〉和〈休息站〉，跟死者有關的〈夜啼〉、〈乖寶寶〉，都是周遭的人的遭遇，或是聽來的。又如〈手指的顏色〉是朋友蒙傑告訴我很久以前一位紅星自殺的故事，但這些原本已有的故事並不會比虛構的更好寫，反而都花了很多年才捕捉到寫下的方式，從原有的樣貌中轉變、改造成最終的面貌。

「膽小鬼小玲」系列的產生，其實是源自我從小的恐懼，小時候真的真的覺得某些兒歌的歌詞好詭異，幼稚園時代所唱的〈三隻小貓〉令我充滿了想像，對這首歌的恐怖感一直都存在，直到女兒也進入幼稚園唱兒歌的年齡，令我重溫舊夢，也重啟惡夢，於是將有問題的兒歌一首首搬出來，結合「女巫唱的歌是有力量的」這個概念，衍成小玲系列。事實上，這個系列有重整成一部長篇的條件，可惜目前未能成事。

有些故事源自常常在我腦海中閃過的畫面，如焦黑的升降機中反映著鏡子的畫面（〈電梯〉），大學上解剖課時想像白布下萬一是認識的人（〈再見〉），還有一些想像甚至出現了二十餘年，至今仍未完成，比如：「電扶梯下有人……」這種念頭。

總之，一篇極短篇並不因為它短，而被誤認為是簡單的。我的伯樂陳皪華主編曾提示我：極短篇是大格局的一個縮影、一個角度、一個段落，或某個片刻。沒錯，我試圖做的，（可以說／姑且說／或許說）是《華嚴經》中「大中現小，小中現大」的境界。（把目標說得偉大一點，寫起來比較有力量）

張草

2016121901O2於亞庇書房

《很怕》極短篇刊載一覽表

電梯／2006.01／皇冠雜誌 623期
資優生／2006.02／皇冠雜誌 624期
開門／2006.03／皇冠雜誌 625期
電話／2006.04／皇冠雜誌 626期
乖寶寶／2006.05／皇冠雜誌 627期
脫髮／2006.06／皇冠雜誌 628期
一〇〇／2006.08／皇冠雜誌 630期
夜啼／2006.09／皇冠雜誌 631期
進補／2006.10／皇冠雜誌 632期
冰塊／2006.11／皇冠雜誌 633期
膽小鬼小玲（一）三隻小貓／2006.12／皇冠雜誌 634期
膽小鬼小玲（二）洋娃娃哭了／2007.01／皇冠雜誌 635期
膽小鬼小玲（三）只要我長大／2007.02／皇冠雜誌 636期
膽小鬼小玲（四）搖籃曲／2007.03／皇冠雜誌 637期
本能／2007.04／皇冠雜誌 638期
膽小鬼小玲（五）猜拳／2007.05／皇冠雜誌 639期
膽小鬼小玲（六）小星星／2007.06／皇冠雜誌 640期
膽小鬼小玲（七）兩隻老虎／2007.07／皇冠雜誌 641期
膽小鬼小玲（八）當我們同在一起／2007.08／皇冠雜誌 642期
鑰匙／2008.06／皇冠雜誌 652期
晚餐／2008.07／皇冠雜誌 653期
漂流／2008.08／皇冠雜誌 654期
草地／2008.09／皇冠雜誌 655期
氣味／2008.12／皇冠雜誌 658期
窗外／2009.01／皇冠雜誌 659期
人臉／2009.06／皇冠雜誌 664期
失業／2009.10／皇冠雜誌 668期
豬肉／2010.09／皇冠雜誌 679期
手指的顏色／2011.04／皇冠雜誌 686期
拉肚子／2011.06／皇冠雜誌 688期
報平安／2011.09／皇冠雜誌 691期
冰箱／2012.01／皇冠雜誌 695期
搬家／2012.02／皇冠雜誌 696期
失蹤／2013.08／皇冠雜誌 714期
神仙／2014.05／皇冠雜誌 723期
三尺／2014.06／皇冠雜誌 724期
獅子的選擇／2014.12／皇冠雜誌 730期
水管／2016.03／皇冠雜誌 745期
白水／2016.04／皇冠雜誌 746期
聯誼／2016.05／皇冠雜誌 747期
弟弟／2016.06／皇冠雜誌 748期
算命／2016.07／皇冠雜誌 749期
跳樓／2016.08／皇冠雜誌 750期
再見／2016.09／皇冠雜誌 751期
電視／2016.10／皇冠雜誌 752期
休息站／2016.11／皇冠雜誌 753期

國家圖書館出版品預行編目資料

很怕：張草極短篇 / 張草著.--初版.--臺北市：皇冠. 2017.2
面；公分（皇冠叢書；第4600種）
（張草作品集；02）

ISBN 978-957-33-3281-7（平裝）

857.63　　105025296

皇冠叢書第 4600 種
張草作品集 02
很怕
張草極短篇

作　　者—張草
發 行 人—平雲
出版發行—皇冠文化出版有限公司
台北市敦化北路 120 巷 50 號
電話◎ 02-27168888
郵撥帳號◎ 15261516 號
皇冠出版社（香港）有限公司
香港上環文咸東街 50 號寶恒商業中心
23 樓 2301-3 室
電話◎ 2529-1778　傳真◎ 2527-0904
總 編 輯—龔橞甄
責任主編—許婷婷
責任編輯—蔡維鋼
美術設計—王瓊瑤
著作完成日期— 2016 年 10 月
初版一刷日期— 2017 年 02 月

法律顧問—王惠光律師

讀者服務傳真專線◎ 02-27150507
電腦編號◎ 563002
ISBN ◎ 978-957-33-3281-7
Printed in Taiwan
本書定價◎新台幣 280 元 / 港幣 93 元